Alix GAUSSEL

LE SAINT-AMOUR

Roman

Du même auteur :

Le malheur des dames, roman, Éd. Calmann-Lévy (1ère édition), 1980
Les chats de Beaupré, roman, Éd. Calmann-Lévy (1ère édition), 1993
Sex after sixty, roman, Éditions Bénévent (1ère édition), 2009
La vie de grands écrivains français… en un éclair et à rebours, Format Kindle, 2012
La vie de grands écrivains anglais… en un éclair et à rebours, Format Kindle, 2012
Sex after sixty, roman, Format Kindle (2ème édition), 2012
Le malheur des dames, roman, Format Kindle (2ème édition), 2013
Les chats de Beaupré, roman, Format Kindle (2ème édition), 2013

Pour la jeunesse

Les Zipper-cracs à travers les planètes, Éditions Gamma, 1976
Les Zipper-cracs dans la fourmilière, Éditions Gamma, 1976

Sur Internet

Le Journal d'une centenaire
http://journaldunecentenaire.over-blog.c om/

ISBN : 978-2-9542997-7-8

9 782954 299778

Dépôt légal : mai 2013

Max s'élance en courant sur le terre-plein devant la rotonde de Ledoux. Sous ses pieds l'élasticité du nouveau revêtement de sol en granulat lui renvoie une onde de plaisir. L'année dernière avant les travaux, il louvoyait entre les flaques d'eau. Quand Max court seul, il lui faut trouver le bon rythme. Il sent pourtant ses soixante-quatre années dans les mollets, un peu raides malgré les exercices de stretching quotidiens. Autrefois il pouvait parcourir huit kilomètres en trente minutes, il lui en faut aujourd'hui quarante-cinq pour accomplir la même distance.

A cette heure matinale le bassin de la Villette se dissout encore dans la brume. L'eau froide est réveillée de discrets frémissements. Un soleil oxygéné décolore le ciel au-dessus des immeubles du Quai de la Loire. Les deux bateaux de Canauxrama, *Arletty* et *Marcel Camé* sont encore à quai à l'entrée de l'écluse du canal Saint Martin. Devant le cinéma, un camion rouge livre de la bière Le vaillant petit navire du MK2, *Zéro de conduite,* est amarré lui aussi comme un jouet délaissé. Les rares passants sont pressés. Max court. Il voit tout en un éclair. Devant la péniche *Opéra* un pêcheur laisse filer sa ligne avant d'allumer son voyant rouge, puis grille sa cigarette. Au bout du bassin, des périssoires embarquent des adolescents encapuchonnés sous la conduite d'un moniteur qui s'époumone, debout dans son canot pneumatique.

Max grimpe en courant la passerelle qui double le pont mobile. Aux extrémités du tablier, quatre colonnes coiffées de fortes poulies supportent les gros câbles actionnant la manœuvre. Du haut des marches, il jette un coup d'œil sur le bassin, fermé au sud par les nobles rondeurs de la rotonde. A l'opposé, la perspective rectiligne du canal de l'Ourcq et, au loin, les Grands Moulins de Pantin. L'église Saint Jacques Saint Christophe, un clocher pour chaque saint, semble écrasée par les tours toutes proches. Max sent maintenant ses jambes en pleine forme, le vent dans le dos, la tête libérée par l'effort physique. Le survêtement s'imprègne d'une bonne sueur. Il tourne le long du quai de l'Oise. Les voix du marché l'accompagnent, amicales. La circulation est rare. C'est le moment qu'il préfère, tout à son élan. La brume se disperse, le canal se réchauffe. Un long moment de joie. Il retraverse pour le plaisir l'ancien pont du chemin de fer. Ces escalades l'obligent à changer de rythme et à mobiliser les cuisses. Elles rompent la monotonie du trajet. Il court sur la galerie du Parc de la Villette, franchit à nouveau le canal, en zigzag. Des enfants se donnent la main sous la frise ondulée qui borde la Cité des Sciences. Max ralentit et revient plus doucement par l'Avenue Corentin Carriou, toujours encombrée de camions, puis par l'Avenue de Flandres.

Maxime Tirgu a fêté ses soixante-quatre balais la veille. Il n'a ni femme ni enfants et sa liberté continue de l'enchanter. Son amie Noémie, professeure comme lui aux Beaux-Arts, est décédée deux ans plus tôt après l'avoir accompagné pendant plus de trois décennies. Depuis lors il accumule les conquêtes sans lendemain, parmi ses élèves pour la plupart, brunes ou blondes. Elles se disputent l'honneur de le séduire. C'est qu'il est encore sexy, le prof de dessin. Une chevelure gris fer illuminée au front par une longue mèche blanche· qu'il renvoie en arrière d'un mouvement familier. Des épaules qui se balancent comme celles d'un joueur de base-ball. Des petites fesses perdues dans un jean descendu sur les hanches. Des jambes musclées et, par-dessus tout, un sourire omniprésent, invincible. Grâce à ce physique convaincant il drague qui il veut, malgré son âge. Une ou deux invitations pour un café, un cinéma, puis très vite le dîner chez lui, sur la terrasse au bord du Quai de la Seine. Champagne à l'apéritif, cuisine très soignée, et, avec les andouillettes AAAA, la bouteille de Saint-Amour. Un coup d'œil sur l'étiquette, et elles fondent toutes.

Ce cru du Beaujolais est vif, plein d'esprit, une robe rubis, des arômes de kirsch, d'épices et de réséda. Il a un corps tendre et harmonieux. Max le présente bien frais, dans des verres à longue jambe, à col évasé. Le gamay se donne alors généreusement. C'est un vin de soif, certains disent une boisson de pauvre mais Max n'en a cure. Le Saint-Amour est sans prétention, on n'en parle guère mais on finit le verre avec gourmandise. Il ne tape pas, il n'énerve pas, il se contente d'égayer. Il donne envie de sourire et d'aimer.

Au fur et à mesure que la bouteille diminue, Max achève sa conquête, il embrasse la jeune fille avant le dessert, il l'entraîne vers la chambre, la victoire est facile. Il la déguste sans remords mais sans trop de plaisir. Elle ouvre les cuisses étroitement, encore pudique. Elle remue à peine. C'est une prise sans conséquences, l'homme n'épouse pas, elle le sait, elle ne le demande même pas, il est trop vieux. Cela durera une nuit ou une saison, on se quitte sans regrets, mais non sans complications. Enfin, ça, c'est une autre histoire...

Pourtant hier soir, justement, alors qu'il fêtait son anniversaire en bonne compagnie, le scénario n'a pas fonctionné. Le dîner était parfait, le Saint-Amour est arrivé à point nommé, la jeune fille se laissait séduire, c'est Max qui a fait défaut. Une panne, la première de son existence. Il s'en est voulu, mortifié comme jamais.

Il a fallu s'excuser, raccompagner la personne chez elle. Elle a protesté, elle voulait rester, mais comment Max aurait-il supporté cette humiliation. Que s'est-il passé, quelle angoisse! Une mécanique si familière, si bien rôdée, jamais enrayée à travers toutes ces années. Et voilà qu'il est trahi sans avertissement. Et la déprime ce matin au réveil. .. Cela se reproduira-t-il, quand, à quel moment?

Il est vrai aussi que ces aventures sans lendemain

manquent d'épaisseur. Ces étudiantes qui se succèdent, avec leur petite sexualité pas encore épanouie, leurs trop minces désirs, leurs faibles exigences. Vite prises, vite satisfaites, ou pas. Souvent pas. Mais si peu d'entre elles réclament quelque chose.

Par le passage de Flandres, Max débouche sur la promenade Montand Signoret, le long du quai de la Seine. La Saine, comme il aime l'appeler, par opposition à celle qui coule au sud, si polluée. Juste sous ses fenêtres, à quelques mètres au-dessous de la terrasse étroite où il aime prendre ses repas, souvent emmitouflé. Toujours courant, il entame son second tour, à contresens. Jamais deux fois le même trajet, jamais deux fois le même paysage. De ce côté-là, il est sûr de retrouver les chiens. Les voici qui accourent, un bouvier suisse, un golden un peu âgé, un schnauzer noir à poils longs et à tête carrée qui ne le lâche plus d'une semelle. Il aime bien courir avec les chiens. Il accélère la cadence, les bêtes sont bien dressées, elles n'aboient pas, elles font la course avec lui avec joie sur la passerelle qui vibre sous les pieds comme un long bateau. Le quai s'anime, les foulées sont longues, l'air plus chaud soulève les poumons, les passants s'écartent, amusés. Max court et comme chaque jour l'effort lui communique une sensation de complétude, de jeunesse. La déprime du matin est maintenant loin.

Au retour, c'est le plaisir de rentrer chez soi dans l'appartement inondé de lumière. La poussière qui danse, les vieux tableaux. Les objets de hasard et ceux qui ont été choisis, les bustes en bronze de Manetto, la lampe de porphyre. La douche brûlante et c'est le moment de prendre le sac à provision pour faire le marché dans l'Avenue de Flandres où il connaît tous les commerçants. Michel, le boucher qui lui découpe une araignée, le morceau du boucher. Denis le boulanger avec lequel il parle politique. Max n'est jamais seul, il a plein d'amis, des nouveaux, des vieux, des vrais et des faux. Et même le SDF roumain, un gars de son pays, qui est toujours assis sur la fenêtre de la Société générale.

Devant l'école des Beaux-Arts, vélos et scooters s'amoncellent. Béa pénètre dans la Cour Bonaparte par la porte piétonne. Dressée haut sur une colonne, la statue de l'ange porte-drapeau de Francesco Berdoni. En avance comme à son habitude, Béa s'infiltre à droite dans la chapelle des moines des Petits Augustins. Leur couvent a laissé la place en 1916 aux élèves de l'école. Dans la nef désaffectée, rangés comme au garage, une chaire baroque, des gisants de pierre, une imposante statue équestre et, sur le mur du fond, un Jugement Dernier. C'est le premier cours de dessin de Béa, un cours pour adulte, dans la grande salle qui donne sur la Cour du Mûrier. Gardant l'entrée de l'espace clos, un soldat de pierre est appuyé sur son fusil et regarde pensivement couler l'eau de la fontaine. Le mûrier centenaire dresse ses deux bras tordus vers les fenêtres du premier étage. Sous les arches, des statues de femmes sans têtes montent à l'assaut de chaque mur, de chaque porte. Impression de sombre beauté et de désolation. La porte de la salle de dessin est encore fermée et deux élèves ont posé leur carton à terre pour fumer. Béa les salue avant de ressortir pour chercher les toilettes. Elle traverse la Cour d'Honneur où quatre jeunes filles en robes courtes jouent au volant. Les toilettes sont taguées du sol au plafond et Béa n'est pas très sûre que la porte soit bien fermée. Le miroir au-dessus du lavabo est cassé.

En revenant dans la salle de cours elle s'installe sur un haut tabouret devant une table libre. Deux heures et demie à passer sur ce siège incommode. Depuis sa soixantaine Béa supporte plus difficilement d'avoir le dos mal soutenu. Les autres élèves, de tous âges, entrent un à un, choisissent leur place derrière un chevalet ou une table. Béa ne connaît personne, têtes jeunes, têtes grises, leurs tenues sont très diverses. Là comme ailleurs, le jean s'impose. Sa longue jupe noire lui paraît incongrue. Ils sont une quinzaine au milieu desquels le professeur, un homme à la chevelure grise et blanche qui bientôt se présente et accueille les participants, d'une voix enjouée, comme il convient. Béa se sent un peu rassurée. Après quelques phrases de bienvenue, il fait l'appel en traçant des croix de place en place. Un frémissement signale l'arrivée du modèle, une jeune femme très mince, au visage doux, qui disparaît aussitôt derrière un paravent. Béa ouvre un grand bloc avec appréhension. Depuis longtemps elle dessine et peint à la gouache. Son métier de négociatrice dans une agence immobilière se prête bien à cette activité. Elle y fait des plans, propose des aménagements, des travaux mais ces dessins n'ont jamais eu aucune prétention esthétique. Pour la première fois elle se trouve devant un modèle et sa nudité l'intimide. Debout sur le socle élevé recouvert de feutrine, la jeune femme est violemment éclairée. Sa minceur lui donne une apparence fragile. Les petits seins sont vulnérables, les hanches étroites, les bras fluets. Béa voudrait lui adresser quelques mots, la réchauffer de sa parole; Elle-même pourtant ne se sent pas très à l'aise et sa gêne s'augmente de celle qu'elle prête au modèle.

Très professionnelle cependant la jeune femme lève un bras, écarte une jambe, s'appuie sur une hanche, nuque et tête dressées. Max, le professeur, annonce que l'on va travailleur une demi-heure sur des poses de deux minutes. Ce temps suffit, dit-il, pour tracer une attitude, saisir une silhouette sans s'attarder aux détails. Béa sent son estomac se nouer, son cœur battre plus vite. Deux minutes seulement. Le regard s'affole pendant que le crayon suggère le volume de la coiffure, les épaules frêles. Parmi les indications qui lui ont été données dans la convocation aux cours, elle a choisi un porte-mine, un grand bloc de Canson. Le crayon s'aventure au milieu de la page, il doit s'inventer un chemin. Un bras tordu est vite corrigé par la gomme Staedler toute neuve. La taille fine, une fesse ronde... et déjà le temps est écoulé, la position a changé, l'attitude est perdue. Béa sent sa gorge serrée, sa respiration oppressée mais vite, il faut recommencer. La tête, les épaules... Au quatrième dessin, l'affolement diminue, le crayon est plus ferme. La silhouette est mieux campée. La fin de la demi-heure est accueillie avec soulagement. Les élèves s'ébrouent, le modèle se laisse aller, toute molle. Max demande maintenant des poses de dix minutes. Le modèle s'assied sur le socle, jambes pendantes. La respiration de Béa s'est calmée. Une pause d'un quart d'heure viendra bientôt soulager son angoisse.

Comme toujours l'anxiété a des effets sur sa vessie. Béa regagne les toilettes. «La vessie est le miroir de l'âme» a dit l'urologue qu'elle a consulté. Béa se demande où va se nicher cette âme à l'existence trop improbable.

A la fin du repos, Max demande au modèle deux poses de vingt-cinq minutes. Béa prend le temps de dessiner soigneusement le chignon négligent. Elle trace les traits du visage, les petits yeux écartés, le menton rond. La jeune femme est belle, malgré des traits un peu flous. Dix minutes avant la fin de la pose, Béa a terminé. Elle s'est attachée à la silhouette et ne sait pas dessiner les ombres, les fameuses « valeurs» dont le nom lui est antipathique. Justement Max, le professeur, qui passe lentement derrière chaque élève pour redresser bras et jambes, s'approche d'elle et regarde longuement ses dessins.

- Vous, c'est la ligne qui vous intéresse, dit-il.
- Oui, C'est ça, la ligne...
- Eh bien, vous avez le droit. C'est bien...

D'un coup de crayon habile il creuse un dos, épanouit des hanches, souligne l'oblique d'une nuque.

- Je ne suis pas obligée de faire les valeurs ? demande Béa éblouie.
- Mais non. Mais puisque vous avez le temps, vous pouvez

recommencer.

Le modèle est allongé sur le socle, les mains le long du corps, une jambe repliée. Béa entreprend alors de dessiner la jeune femme telle qu'elle l'imagine. Comme personne ne l'observe, elle modifie le tracé de son bras droit, invente un nouveau geste, vient couler l'avant-bras et la main jusqu'au sexe. Au lieu de reposer sagement contre la jambe, la main droite vient maintenant cacher le sexe en broussaille et peut-être le caresser. Le geste est-il pudique ou provoquant, comme ceux qui l'ont précédé dans l'histoire de la peinture? Béa pense surtout à l'Olympia de Manet. On ne sait si la femme s'est laissée surprendre dans une attitude onaniste que le peintre a encouragée ou si au contraire elle a voulu protéger des regards la partie la plus vulnérable de son corps. Combien d'odalisques, de baigneuses, de nus ont laissé la trace de ce geste sur les toiles de grands maîtres ? Et jamais leur visage, tantôt souriant, le plus souvent impassible, ne trahit les signes du plaisir. Béa connaît bien pourtant le pouvoir de sa main. Son dessin n'est pas innocent, elle sait quelles sensations elle est capable d'éveiller dans sa propre chair. Si elle transforme ainsi la pose académique, c'est pour mieux suggérer l'équivoque Le geste est-il trop dévergondé dans cette illustre enceinte où se sont succédé depuis deux siècles tant d'illustres crayons ?

Justement Béa sent derrière elle le regard de Max qui est revenu faire un tour. Retenant sa respiration, elle attend un commentaire qui ne vient pas. Surpris par une audace qu'il n'attendait pas de cette femme plus que mûre qu'il voit pour la première fois, Max s'éloigne. Béa n'aura pas de réponse ce soir aux questions qu'elle se pose. Au moins, a-t-elle suscité la curiosité de ce professeur si séduisant, avec sa mèche blanche qui illumine son front. En rougissant légèrement, à cause du silence de cet homme, elle cache le dessin malicieux derrière des croquis plus anodins et quitte rapidement l'école.

C'est à l'âge de quatre ans que Max, pour la première fois, a perçu le goût du vin. C'était la guerre. Son souvenir est flou. Le père de Max et son meilleur ami étaient attablés dans la cuisine. Ils buvaient du vin dans des pots de confiture. L'enfant s'est approché, a tenté d'attraper l'un des pots. Le père s'est penché, il a tendu le sien. Max y a trempé ses lèvres. C'était un goût étrange, et l'odeur plus encore. Cela ne ressemblait à rien de connu. Cela venait des champs, des bois, de très loin. On aurait dit le jus des feuilles de la forêt. Et c'était fort, très fort. Max a fait une grimace, qui s'est terminée en sourire devant le rire des deux compères, enchantés du bon tour qu'ils jouaient à l'enfant. Les deux hommes qui riaient, le soleil sur les carreaux de la nappe, la mère qui accourait et riait aussi, bon enfant, et la complicité qui s'installait, un jour de guerre, dans cette cuisine.

Un peu plus tard, Max s'en souvient, on appelait cela la Libération. Spontanément les gens sortaient des tables sur les trottoirs. Les chaises passaient de mains en mains. Les bouteilles étaient extirpées des caves encombrées. Le père a posé une chaise sur une table, et l'enfant dessus. Celui-ci a eu peur de sa situation élevée mais les grandes personnes tout autour de lui le mettaient en joie. Les voisins sont arrivés avec des bouteilles. Tout le monde était content. Cette soirée, c'était le plus beau jour de sa vie. Il a goûté le vin qui perdait un peu de son étrangeté pour gagner un air de fête. Il en a repris. Il ne tenait plus debout, là-haut sur son perchoir. On l'a fait redescendre, un peu ivre et ravi.

Sa première cuite, il s'en souvient aussi comme d'un événement joyeux. Il avait douze ou treize ans et participait à une colonie de vacances dans la Drôme. A l'époque il n'y avait pas encore de mixité et il se retrouvait avec une bande de garçons, à blaguer et à faire du sport. Un soir ils ont fait le mur après le dîner pour rendre visite à une colonie de filles. Ils avaient fauché du vin et des côtelettes d'agneau dans le frigo. Max était déjà un peu parti quand il a saisi une côte pour la faire griller au feu qu'ils avaient allumé. Il a levé la viande très haut : « Il faut compter sept minutes» a-t-il édicté avant de la poser sur le grill. Puis il a compté très fort, un, deux, trois, jusqu'à sept. Et il a avalé la côte, toute crue, d'un seul coup. Les filles riaient. Il a été un peu malade. Tout le monde s'embrassait.

Par la suite, Monsieur Tirgu, le père de Max, a commencé à initier son fils à l'art de la dégustation. Comment tenir le verre par la jambe, exercer une rotation du liquide dans la coupe, humer les arômes par petites bouffées, rouler le vin dans la bouche avant de l'avaler. La mère ne participait pas à cet apprentissage. Elle-même ne buvait pas de vin, elle préférait le champagne. Elle aimait l'excitation lumineuse des bulles qui montent à la tête.

Le jour où Max a présenté Noémie à sa famille, le père est allé chercher une bouteille qu'il gardait depuis soixante ans. C'était un vin de Roumanie, d'un grand-père vigneron. Max était né à Paris mais sa famille était immigrée. Ce vin, c'était un trésor très ancien, comme une icône. Il y avait cinq centimètres de dépôt dans la bouteille, l'étiquette était toute salie. Un grand vin blanc moelleux issu d'un cépage noble. Max conserve encore quelque part la bouteille vide, elle l'a suivi dans tous ses déménagements. L'étiquette porte l'écriture du grand-père, à la main. Ce vin l'a emporté vers un passé radieux, en même temps qu'il célébrait l'entrée de Noémie dans la famille. Il réconciliait le passé et l'avenir, c'était un concentré de saveurs. L'essence du vin doux, mielleux, presque noir, un vin de grand âge et de profonde ressource. Un grand moment de dégustation. Malgré le dépôt le vin n'était pas cassé, il sentait encore le fruit.

Pour toujours le vin serait ainsi associé aux grands moments de la vie de Max. Toute une histoire revivait dans ce vin, l'histoire de ces immigrés de Roumanie qui s'étaient si bien acclimatés dans la capitale française. Le père, petit entrepreneur sans succès mais sans amertume, toujours souriant. La mère qui avait fait une école d'art décoratif et dont Max avait hérité le goût pour les Beaux-Arts. Il avait encadré lui-même les dessins, grands et petits, qu'elle avait laissés et les avait disposés sur ses murs comme des ex-voto. Ma mère, mon père, c'était son leitmotiv, sa religion, il n'en avait pas d'autre.

A dater de cette période, Max se mit à construire sérieusement sa cave, seul d'abord, puis avec Noémie. Tous deux partaient en vacances en Bourgogne, dans le Bordelais, les Pays de Loire et ils en rapportaient des cubitainers de trente-trois litres qu'ils mettaient ensuite en bouteilles chez des amis, près de Fontainebleau. Le copain faisait marcher la bouchonneuse, Noémie et son amie chauffaient les bouchons et collaient les étiquettes. Max avait une technique toute particulière pour fixer les étiquettes neuves, il les pliait en deux, en trempait les bords dans la colle de papier et l'étiquette ainsi ne recevait de colle que sur les côtés. Elle se décollerait facilement plus tard. Max avait une prédilection pour les bouteilles de Bourgogne dont les épaules douces s'emboîtaient étroitement. Lorsqu'il acheta l'appartement de la rue Blanche, sa cave devint sa fierté. Il la faisait visiter. C'était une cave creusée dans le roc dont la température épousait les variations saisonnières. En terre battue, munie d'un soupirail, elle avait toutes les qualités. Pendant vingt ans elle prospéra, s'enrichit, se renouvela. Après la mort de Noémie, quand il déménagea pour le Quai de la Seine, il hérita d'une cave plus ordinaire. Il s'en accommoda. Il y rangeait les vins dans un ordre affectif, préférant toujours accumuler les Bourgogne, plaçant les Côtes de Beaune par rangées de six, flanquées des Côtes de Nuits. Fuyant la lumière, les vins blancs de Touraine et d'Alsace se disposaient au bas des travées. Tout au fond, il fallait la lampe électrique pour chercher les Champagne qui ne se plaisaient que dans le noir. En tout, plus de mille bouteilles attendaient de voir le jour.

Depuis quarante ans Max tenait un livre de cave Les classeurs gris et noir garnissaient une rangée de sa bibliothèque. Sur chaque page, l'étiquette du vin soigneusement décollée s'illustrait d'une date, d'un prix et surtout d'un commentaire de quelques lignes ou de toute une page selon l'humeur. Une ou deux bouteilles par semaine, pendant quatre décennies. C'était souvent Noémie qui achetait le vin, elle y consacrait une bonne part de son mois. Depuis sa disparition - elle avait été enlevée par un accident mortel en conduisant la Renault - les achats étaient plus modestes mais les commentaires toujours évocateurs. Quand Max feuillette ses livres de cave, il se souvient de chaque vin qui lui met encore l'eau à la bouche. Le goût de celui-là, la couleur de cet autre.

Noté en 1965, un Graves rouge, Château Haut Brion 1958, premier grand cru classé, payé vingt-cinq francs: « Bon, mais pas un grand vin » disait le commentaire. « Débouché deux heures avant mais pas mis en carafe. Un peu maigre, équilibré mais pas assez affirmé ». Et Max retrouve en bouche le goût de fraise et de fumé. C'était l'époque où l'on pouvait encore dénicher un Château Laffitte Rothschild pour trente francs. Aujourd'hui, le même vin coûtait près de mille cinq cents euros.

Dans un autre classeur, daté de 1981, un grand Bourgogne Meursault Genevières 1974. C'était une année moyenne mais le vin avait bouleversé Max. Celui-ci est encore fidèle au principe qu'il faut acheter les grands vins dans les petites années et les petits vins dans les grandes années. « Un vin étonnant, meilleur que le souvenir de l'année précédente. Rafraîchi pendant deux heures et demie dans le frigo puis débouché, et trente minutes dans un endroit frais. Jaune paille, sans le soupçon de vert souvent trouvé dans la robe des Meursault. Moelleux et plein, peu d'acidité mais pas faiblard, gras avec une terminaison de plus de dix secondes. Expérience sublime. Remercier Noémie ».

Et en relisant ces mots, Max remercie silencieusement celle qui l'a accompagné pendant plus de trente ans. Ainsi, à chaque page, s'accumulent les souvenirs, et ce goût dans la bouche, trente ans plus tard. Il revit sans fin l'émotion presque intacte. Et parfois, lorsqu'il lui arrive de boire un vin particulièrement accompli, il cherche à travers les classeurs son commentaire des décennies précédentes et ajoute une phrase, pour le plaisir.

C'était à Kensington à Londres, non loin de la Serpentine. L'hiver avait transformé les arbres en autant de dessins à la plume. Des buissons piqués de feuilles jaunes émergeaient de la brume et du fond des pelouses usées montait une odeur d'humus. Béa avait dix ans; elle était heureuse d'avoir été invitée par son père à peindre dans le parc. Lui, le Capitaine de Vaisseau, toujours absent, toujours à rouler sur les mers, il emmenait sa troisième fille, pour la première fois. Il portait une grande boite en bois dans la main droite et son bras gauche soutenait un chevalet de campagne, noblement sali de couleurs. Béa ne savait pas à quoi ni à qui elle devait cet honneur de se trouver seule à côté de son père, dans ce matin d'octobre. Elle s'avançait, pleine d'appréhension. Ce père quasi inconnu lui paraissait formidable, même sans son uniforme bardé de décorations. Ils marchaient tous les deux jusqu'à un petit temple à Vénus dont les colonnes roses s'élevaient au-dessus des buissons. Le Capitaine installa son chevalet. La fillette posa sa toile sur une chaise et se mit à genoux dans l'herbe pour peindre. Elle n'osait pas s'attaquer au temple et préféra la clairière. Elle peignit une chaise, son air abandonné au milieu des arbres. Elle s'efforçait de rassembler les quatre pieds, debout dans un parallélisme approximatif. Le dossier arrondi en métal vert lançait son délié sur un fond de brume. Aux côtés de Béa, le Capitaine croquait tendrement les colonnes rondes.

Des enfants vinrent s'ébattre à proximité, jouant à soulever les feuilles mortes. Un jet de poussière macula la toile du Capitaine. Celui-ci se mit en colère, dispersa les enfants avec de grands gestes, les faisant déguerpir. Fâché, il essuyait de son chiffon les traces du désastre. Le père et la fille revinrent bientôt de leur expédition, à travers le parc.

Au retour, le Capitaine raconta à sa femme la dispute avec les enfants et leur fuite soudaine :
- Ils ne sont pas restés longtemps, dit-il en riant.
- Oh, intervint Béa, la toile était à peine commencée ...

Le père regarda sa fille sans comprendre Celle-ci reconnut alors sa bévue. Elle avait cru que les enfants étaient partis parce qu'ils n'avaient pas aimé la peinture. Elle voulait rassurer son père et le défendre, lui, le redoutable marin, le père tout puissant, elle avait voulu le protéger, une petite fille de dix ans. Mais il ne saisissait pas le sens de cette marque d'attention. Elle se sentait incapable de la lui expliquer. Elle sentait qu'elle serait toujours ainsi, à contretemps avec lui.

La mère de Béa félicita sa fille pour sa peinture. La chaise de jardin se tenait bien droit sur ses quatre jambes et les buissons étaient bien venus. Mais dans la voix de la mère il y avait de la condescendance, et au fond un peu de sarcasme. Cela suffit à blesser la petite fille qui se détacha de sa peinture. Cette sensibilité extrême l'éloignait de ses semblables. Sauvage, elle se repliait sur elle-même. Dans une famille où il fallait parler fort pour se faire entendre sa petite voix se perdait. Elle choisit alors de s'évader dans la lecture.

Depuis qu'elle était toute petite, les livres avaient été son refuge. Tout avait commencé avec les *Histoires comme ça*, ces contes de Kipling qui s'adressaient à une fillette nommée Mieux Aimée par l'auteur. Béa enviait l'enfant du livre qui avait tant de chance d'être la préférée de son père. Lorsque la mère de Béa lui lisait *La complainte du petit père Kangourou* ou bien *L'enfant d'éléphant* ou encore *La baleine et son gosier*, celle-ci se sentait pour un temps la mieux aimée de la famille. Lorsqu'elle sut lire, elle se plongea dans les romans de la Comtesse de Ségur. Les malheurs de son homologue Sophie la remplissaient d'une délicieuse angoisse et le Bon petit diable d'une aimable terreur. La vision des fesses enflammées du garçon la menait au bord d'un évanouissement bienheureux.

De la Bibliothèque Rose elle passa tout naturellement à la Verte et frémit aux aventures de *Croc Blanc*. La découverte suivante fut celle des ouvrages de Jules Verne, qu'elle dévora passionnément de la première à la dernière ligne, sans jamais passer une seule des longues digressions technico-scientifiques. Elle s'en faisait un point d'honneur, un enjeu sportif. Et c'en était un en effet de refermer la dernière page du *Voyage au centre de la terre* ou des *Cinq semaines en ballon* sans avoir sauté un seul paragraphe, même les plus arides Une performance qu'elle savourait d'ailleurs seule, sans témoin. Ses sœurs la trouvant toujours plongée dans un bouquin l'oubliaient et ce n'était pas le moindre mérite de la lecture que de la faire échapper ainsi aux moqueries des deux grandes.

Dès qu'elle ouvrait la bouche, cependant, les sœurs l'épinglaient à nouveau. Toute imprégnée de littérature, Béa disait «de grands mots ». Elle lâchait des formules toutes faites, telles que « n'écoutant que son courage » ou bien « en toute innocence », et ces mots-là étaient si incongrus dans sa bouche de petite fille que tout le monde s'esclaffait autour d'elle. Les sœurs étaient ravies de répéter sans fin la formule en la tournant en ridicule. Un jour où ses sœurs lui demandaient de faire une fois de plus la vaisselle, elle protesta en disant « Je ne suis pas une bête de somme ». Ce fut un désastre. Les sœurs ne répétaient plus que « Bête de somme », « Bête de somme », chaque fois qu'elle entrait dans une pièce et la poursuivaient ainsi toute la journée. Béa s'enfuyait pour pleurer sur son lit. Bientôt elle n'osa plus ouvrir la bouche et passa des journées entières sans dire un mot, toujours plongée dans les livres.

Elle lisait couchée sur son lit ou bien assise à une table et même une radio tonitruante à ses côtés ne la gênait pas. Elle ne répondait pas• quand on l'appelait. Elle se relevait parfois la nuit pour finir le livre et sa mère la trouvait ainsi dans la cuisine, occupée à tourner les pages. Indulgente, celle-ci la grondait affectueusement et l'emmenait se recoucher, fière au fond d'avoir une fille si studieuse.

Lorsque Béa eut quinze ans, sa mère lui fit découvrir les romancières anglaises, Katherine Mansfield et Rosamond Lehmann, ainsi que d'autres. Les émois des jeunes héroïnes de ces romans, les premiers bals, les billets doux remplirent alors les nuits de Béa. Elle frissonnait délicieusement en imaginant ses propres émotions au seuil de son premier amour. Elle vivait une attente passionnée du jour où le premier garçon viendrait poser ses lèvres sur les siennes. Elle se racontait des scènes, anticipait aussi son premier chagrin d'amour, pleurait, se réconciliait. Le garçon qu'elle choisirait n'avait pas encore de visage mais il était grand et blond comme son père. La mort de celui-ci ne vint pas mettre fin à ses rêves. Elle le connaissait si peu, il ne s'occupait guère de sa famille, laissant ce soin à la mère. Toujours à la recherche de nouvelles lectures, elle se lançait maintenant dans de grands romans, lisait Zola, Romain Rolland, puis les romans russes qu'elle but jusqu'à la lie.

Ne prenant aucune note, ne tenant aucun journal, elle lisait vite, avalait les pages et une fois le livre refermé oubliait parfois jusqu'au nom des héros ou des héroïnes, ne s'attachant qu'à l'histoire. Elle confondait alors Balzac et Stendhal, prenait Rastignac pour Lucien Leuwen et ne s'en inquiétait pas, prévoyant qu'elle n'aurait ainsi que plus de plaisir à relire, ce qui devint vrai.

En attendant, elle s'imprégnait de romantisme, d'un

goût pour la morale, la punition des méchants, la victoire de la raison. Elle redoutait les excès, et même les plaisirs. Elle gagnait ainsi une confiance absolue dans la vertu, mais développait une profonde naïveté à l'égard des choses et des gens. Elle s'en trouvait bien, préférant de loin les personnages de papier aux êtres rugueux de la vie réelle.

Comme beaucoup de jeunes filles aisées de son époque, Béa suivit les cours de l'Ecole du Louvre après son baccalauréat. En étudiant l'histoire de l'art, elle avait le sentiment d'approcher les courants philosophiques et religieux des grandes civilisations. Son année de philo avait été pour elle un renouveau. Elle avait perdu la foi dans le christianisme mais conservait un mysticisme de jeunesse, très fortement ancré. Ce sentiment religieux, elle le retrouvait intact dans son admiration pour la peinture sacrée, les tableaux de Rembrandt, les descentes de croix de Grünewald, les madones de Raphaël et de Botticelli, de Perugin, de Corrège. Le retable d'Issenheim, qu'elle vit à Colmar, provoqua en elle une commotion. Ce Christ couvert de pustules et de pourriture lui communiqua une peur sacrée, témoigna pour elle de l'horrible condition humaine tout autant que de l'amour de Dieu. Elle rapporta de son voyage une grande reproduction qu'elle regardait parfois avec une sorte de terreur qu'elle voulait sainte. Elle se disait que la sainteté pouvait peut-être lui servir de vocation.

Elle découvrit par la suite les arts de l'Orient, la peinture chinoise. Cette peinture proche de la calligraphie Ide la poésie, ouvrait sur une nature où l'homme n'était qu'un élément, un petit accident. Toute la place était acquise au paysage, aux montagnes, aux ruisseaux, aux arbres. Grâce à cette peinture elle entrait dans une culture où la présence des esprits, l'esprit de la forêt, de l'eau, dominait l'espace. C'était une nouvelle révélation, elle se sentait comme Pascal, très roseau pensant.

Béa se souvenait très bien de ses profs d'histoire de l'art. Madame Desroche Noblecourt pour l'art égyptien. Monsieur Le Bonheur, du Musée Guimet. Avec un nom comme ce dernier, comment manquer un cours? Le prof de préhistoire ressemblait à Darwin sortant d'un tiroir du Muséum d 'Histoire naturelle. Sa barbiche blanche et sa silhouette rondelette l'inscrivaient dans le XIXème Siècle. Pourtant Béa n'avait pas envie de se moquer de lui. Ces cours du Louvre constituaient un enseignement précieux. A travers l'émotion artistique, c'était un apprentissage de ce qu'elle n'osait pas appeler l'amour. Une occasion de pénétrer l'invisible. C'était irremplaçable.

C'est dans cet état d'exaltation artistique qu'elle fit la connaissance de Pierre. La rencontre eut lieu au Cercle Interallié, à l'occasion du mariage de sa sœur aînée Claire. Celle-ci épousait un jeune médecin qui terminait sa dernière année d'études. Le fiancé de Claire était robuste et fruste, son langage était cru comme celui des étudiants en médecine de l'époque. Tout à la joie de réussir à la fois son cursus et ses épousailles, il prenait sa petite belle-sœur à témoin de son bonheur. Un peu éméché, il levait son verre à qui voulait. Béa entrait dans son jeu et acceptait de valser avec lui. A ses côtés se tenait un jeune homme dont le sourire mesuré contrastait avec les plaisanteries salaces de son ami. Il était médecin lui aussi. Il emmena Béa au buffet. Celui-ci était bien garni. Trois pièces salées, trois pièces sucrées, avait décrété la mère des jeunes filles. Dans le brouhaha des conversations et la foule des invités, Béa apprit que le jeune homme était spécialisé en urologie. Il ne le disait qu'à mi-voix, avec un sourire, comme un secret. Béa ne chercha pas à dévoiler ces mystères. Ils se mirent à danser. Ce fut le début d'une relation qui les mena au mariage l'année suivante. Béa s'engagea dans cette voie d'autant plus volontiers qu'elle ne savait pas où la menaient ses pas. Les cours du Louvre ne conduisaient guère à une profession. Elle aurait pu apprendre une discipline, se mettre à peindre, se découvrir un talent.

Au lieu de cela elle se tenait à l'écart de tout investissement créatif. Sa susceptibilité l'empêchait de s'exposer, elle craignait de déplaire, de se mettre peut-être en danger. Le mariage était une issue moins risquée, plus conforme à ce qu'on attendait d'elle. Pierre était attentif, il avait promis de la protéger, de l'entourer, de la soutenir. Il craignait un peu ses élans mystiques, la ramenait sur terre, lui offrait des robes, des colliers. Il était classique, rassurant. Son air de santé et de propreté emportait l'adhésion de toute la famille. Les noces eurent lieu en juin, juste un an après le mariage de Claire.

Quand Béa s'était retrouvée seule à cinquante ans après son divorce, elle n'avait jamais travaillé. Mariée à vingt ans, elle avait aussitôt enchaîné les naissances. Le premier né, Julien, un enfant calme au visage effrayé avait grandi comme un jeune bouleau, mince et blanc. Il avait le tronc maigre, des membres grêles et des terminaisons nerveuses. Béa lui coupait elle-même les cheveux en échelles inégales. Silencieux, il jouait sans fin avec des cubes en bois, érigeant des pyramides éphémères, attendant que le souffle du vent, ou celui de sa mère, les fit écrouler. Il assistait sans un mot à ces ruines, n'espérant rien, préparant toujours de nouvelles constructions. Non loin de là, Béa lisait de gros romans touffus qui l'arrachaient au présent et à ses devoirs maternels. Elle ne se sentait pas coupable, sa propre mère ne s'étant jamais occupée d'elle. Elle ne l'avait pas allaitée, craignant pour la beauté de sa poitrine. Elle n'avait eu pour elle qu'une affection distante jusqu'à ce qu'elle fût en mesure de tenir un livre. Béa n'avait jamais appris comment bercer un bébé, ni même le tenir dans ses bras. Julien n'en avait pas moins gardé pour sa mère un respect plein d'effroi et une adoration muette.

Quand il eut l'âge d'aller à l'école, Béa mit en route

une nouvelle grossesse et accoucha d'une petite fille, Delphine, dont la couleur de peau inquiéta aussitôt le corps médical. C'était une enfant bleue. Elle ne pleurait pas, respirait à peine, n'ouvrait guère les yeux. On l'enleva à sa mère le lendemain de sa naissance pour une première intervention qui révéla son anomalie cardiaque, une interversion des gros vaisseaux. Quand on la ramena, on prévint Béa que son existence était précaire, qu'elle pouvait perdre la vie à tout moment. Un suivi chirurgical serait nécessaire ainsi qu'une nouvelle intervention, à l'âge de trois ans, si elle survivait. En attendant, elle passerait trois semaines en couveuse.

Quand elle fut remise de ses couches, Béa se rendit à l'hôpital pour voir Delphine, en compagnie de sa jeune sœur Christine. Les deux femmes enfilèrent par-dessus leurs vêtements des pyjamas verts et des pantoufles non tissées. Elles durent se laver longuement les mains avant d'approcher l'enfant. Béa était terrifiée à l'idée de prendre dans ses bras cet objet fragile et mou, à l'idée qu'elle allait le faire pleurer. Christine se moqua d'elle, saisit la petite fille et la mit d'autorité dans les bras de sa sœur. Delphine ne pleurait pas, elle cherchait de la tête un sein inhabité. On avait coupé la montée de lait. Une infirmière tendit un biberon et Béa put enfin satisfaire son enfant. Elle contemplait le petit visage bouleversant, d'une couleur gris-bleu, son air souffrant de toute la douleur du monde, ses yeux fermés tout contractés. Les doigts du bébé s'accrochaient au pouce de Béa. Elle laissa l'infirmière la changer. Elle était anéantie d'émotion, de peur et d'amour inexprimé. Elle revint le lendemain et les jours suivants, jusqu'à ce qu'elle pût enfin ramener la malade à domicile.

Son mari, Pierre, entourait Béa de sa grosse tendresse. Il lui confectionnait des tisanes qui la préparaient au sommeil. Mais la petite ne prenait pas de poids. Chaque fois que Béa lui ôtait ses couches pour la changer, c'était une souffrance. Les fesses à vif arrachaient à Delphine des larmes et des cris de douleur. Béa la barbouillait de crèmes, la serrait contre sa joue, caressait la tête nue, lui parlait à l'oreille et parvenait à la calmer. Delphine portait sur sa poitrine étroite une large cicatrice, séquelle de sa première opération à cœur ouvert. Elle ne grossissait pas, restait fluette et dolente. Puis un mercredi à deux heures, en remontant après sa sieste, Béa la trouva inanimée dans son berceau. Elle partit aussitôt aux urgences de l'hôpital de Montmorency, en embarquant Julien qu'elle ne pouvait laisser seul. Celui-ci s'était apprêté à se rendre à la piscine. Il emportait aussi son maillot et sa serviette. Béa lui dit que pour la piscine il faudrait attendre un peu. En arrivant à l'hôpital, ils confièrent le bébé à une infirmière qui l'emporta aussitôt dans une pièce voisine. Une autre femme en blanc, l'air navré, vint peu après :
- Cela fait longtemps qu'elle est comme ça ? demanda-t-elle.
- Je l'ai trouvée comme ça...

La femme, sans doute un médecin, secoua la tête et

repartit pour revenir encore un peu après, sans la petite. Elle regarda Béa d'un air grave.

- Il n'y a pas d'espoir, dit-elle. La mort remonte au moins à deux heures.

En sortant, Julien dit tristement en parlant de sa sœur:

- Elle ne vient pas à la piscine?

Au retour, Pierre, prévenu, eut ce mot cruel :

- Cela vaut mieux, dit-il.

Béa lui en voulut. Il lui semblait qu'elle était seule à pleurer l'enfant. Mais elle-même sentait aussi que cette mort était préférable à une vie de souffrance. Le jour de l'enterrement, le frère de Béa lui enjoignit de faire très vite un autre enfant. Et c'était aussi le désir de Pierre, et de toute la famille. Elle le sentait mais n'était pas prête à faire le deuil de Delphine qui vivait encore dans ses bras, tout près de son oreille, petit être douloureux qui avait eu besoin d'elle, pour la première fois.

Julie vint pourtant au monde l'année suivante. Et avec sa mort, l'horreur entra vraiment dans la maison. C'était pourtant une petite fille robuste et brillante. Sur les conseils de Pierre, Béa l'allaita enfin. Elle tétait vigoureusement, prenait un poids incontestable. Pourtant, à l'âge de trois mois, un mercredi après-midi, elle mourut dans son lit, de façon inexpliquée. Cet acharnement du destin divisa la famille. La mère de Béa et Christine accusèrent celle-ci de négligence et dirent qu'elles « ne voulaient pas voir un troisième petit cadavre sortir de la maison ». Que, cette fois-ci, « Ce serait l'asile ou la prison ». Le frère et les sœurs s'éloignèrent sans un mot.

Julien tournait autour de sa mère, mettait la table, cherchait à se rendre utile. Pierre était là aussi, soutenant sa femme, attentif à la soulager. Il ne croyait pas que Julie ait pu s'étouffer elle-même dans son lit. Tout le monde la voyait déjà se soulever sur ses petits bras, tendre la tête hors de ses draps. Pierre parlait de mortalité infantile, sans connaître encore le syndrome de Mort Subite Inexpliquée du Nourrisson. Béa s'accrochait à l'idée d'avoir bientôt un nouvel enfant. L'Oncle Marc, un chanoine de la famille, lui donna des encouragements. Il connaissait dans sa paroisse une mère qui en avait perdu cinq avant de mettre au monde un nouvel enfant. Il ne fallait pas désespérer de Dieu. L'existence de Dieu, c'était depuis longtemps un sujet de doute et d'inquiétude pour Béa. Elle ne croyait pas à la survie d'une improbable âme après la mort. Depuis l'adolescence elle avait fait son deuil du séjour au paradis. Le ciel était vide, elle en était sûre mais cette double mort remettait Dieu au premier rang de ses préoccupations. Il était ailleurs, peut-être au fond de chaque être. Elle croyait à une étincelle divine dans chaque cœur. Ce n'était pas une doctrine, c'était surtout l'impossibilité de se trouver seule dans ce monde, l'assurance d'être accompagnée par une présence un peu magique, un peu mystique. Cette croyance n'avait aucune base rationnelle, elle n'aurait pas résisté à un raisonnement intellectuel. D'ailleurs elle ne s'y risquait pas.

Elle ne parlait de Dieu à personne mais il lui tenait compagnie. Et souvent elle le priait, avec les mots simples qu'elle avait appris dans son enfance. Elle récitait aussi des mots latins qui étaient pour elle un langage secret, un message crypté. Elle se doutait bien que la Sainte Vierge n'était qu'un symbole archaïque, et sa virginité une absurdité révoltante. Elle pensait bien que Jésus Christ n'avait jamais été le fils de Dieu, elle ne voyait en lui depuis longtemps qu'un homme un peu illuminé Mais pour elle le message de l'Evangile était toujours d'actualité. Et elle chantait intérieurement le soir sur l'oreiller, pour s'endormir, des Credo, des Confiteor et surtout des Tantum Ergo dont les paroles magnifiques la rassuraient et la préparaient au sommeil.

Cinq jours après la mort de Julie, Pierre emmenait dans sa voiture une Béa délirante. Elle avait commencé à peindre en noir les fleurs du jardin. Elle voyait le monde en deuil, à l'exemple du sien, croyait déceler une menace mortelle dans le tablier noir du jardinier et se vêtait elle-même de noirs oripeaux. Elle s'accusait de la mort de ses filles et réclamait même une transfusion totale de son propre sang vers un nouveau bébé qu'elle appelait de ses vœux. Ce serait un sacrifice nécessaire, absolu et fatal. Elle se punirait ainsi en donnant la vie.

C'est dans cet état d'esprit qu'elle pénétra dans le service psychiatrique du Professeur Marchiet, à l'Hôpital Paul Brousse de Villejuif. En entrant, Pierre la fit attendre un instant dans le couloir. Le Professeur se dirigea vers elle et la salua. Elle répondit seulement par ces mots :
- Exsanguino-transfusion.
Sans insister davantage, le Professeur la fit interner dans son service fermé. Il la présenta aux soignants et à un ou deux malades qui se tenaient dans une petite salle sans fenêtre qui servait de séjour. Deux tables jointes étaient recouvertes de toile cirée sur lesquelles les malades faisaient des patiences et des coloriages. Affichés au mur, un règlement

intérieur et un poster représentant un perroquet aux couleurs vives, œuvre peut-être d'un malade. Béa imagina aussitôt, avec sa manie d'interpréter tout ce qu'elle voyait, que le perroquet représentait le Professeur lui-même. Elle lui trouva une expression maléfique. Elle se rendit dans sa chambre et se pelotonna sur le lit. Peu après, un infirmier vint la rejoindre et la questionner. Il voulait connaître les circonstances de la mort des deux petites filles. Il parlait comme un commissaire de police, posait ses questions sur un ton accusateur. Béa se sentait de plus en plus coupable. Elle était terrorisée. Après la famille, pensait-elle, c'était la société tout entière qui se dressait contre elle. Elle ne savait plus si son tourmenteur, dans sa blouse d'infirmier, n'était pas un policier chargé de lui faire avouer ses crimes. Elle répondait d'un air traqué. A la fin, elle avoua même qu'elle avait tué ses enfants. L'infirmier alors la quitta sans un mot Béa crut qu'il faisait place à des agents chargés de l'arrêter. Maintenant certaine de sa culpabilité, elle s'attendait à être jetée en prison pour infanticide.

Comme Médée, elle s'apprêta à mettre fin à ses jours. Si elle avait disposé d'un couteau ou d'une simple lame de rasoir, elle l'eût probablement tenté. Mais le temps passait et personne ne venait disposer d'elle. Elle essuya ses larmes, se leva et se rendit dans la salle de séjour. Le calme qui y régnait la surprit. Personne ne semblait sur le pied de guerre. Personne pour se jeter sur elle. Malades et soignants s'occupaient en dessinant ou en jouant aux cartes. Elle s'assit sur une chaise et déclara tout haut qu'elle avait tué ses deux enfants. Aucune réaction. Une ou deux personnes présentes lancèrent sur elle un regard de commisération puis revinrent à leurs préoccupations. On ne la prenait pas au sérieux. Une lueur d'espoir se leva alors pour Béa. Elle ne dit plus une parole.

Le lendemain le Professeur vint lui rendre visite aux premières heures de la matinée. Il balaya en partie son sentiment de culpabilité, la rassura et lui rendit confiance. L'infirmier accusateur n'avait probablement voulu que satisfaire sa propre curiosité. Cependant elle devait encore ressentir ce sentiment durant des années. Quelques jours s'écoulèrent dans le service fermé qui ne voyait pas la lumière du soleil. Béa prenait ses repas, tout entière plongée dans le deuil. Elle faisait son lit, fumait des cigarettes, buvait du café instantané en échangeant quelques paroles avec les autres malades. Une tristesse flottait, palpable comme un brouillard. Elle parlait à des gens qui semblaient n'avoir pas de passé, encore moins d'avenir et consommaient, comme elle, beaucoup de médicaments. L'heure des pilules donnait seule un sens à ces journées. Tous les prenaient après le dîner, debout, à la queue comme pour une communion, sous le regard aigu des soignants. Béa aurait voulu se coucher et dormir après la prise. Le Professeur l'obligeait à passer encore deux heures à lire des magazines insipides ou à regarder une télévision perchée tout en haut du séjour. Les programmes ineptes étaient conçus pour ne pas inquiéter les malades. Pas d'informations ni aucune nouvelle de l'extérieur, rien que des feuilletons datant de plusieurs années et des documentaires animaliers.

Béa, toute à son angoisse, ne ressentait pas de chagrin. Celui-ci devait venir plus tard. Pierre vint la voir, il apporta des livres et avec lui l'assurance que la vie était encore possible ailleurs. Il était grave, mais rassurant. Après sa visite, Béa fut transférée au deuxième étage, dans le service ouvert. Elle put sortir, acheter des journaux, se rendre à l'atelier d'ergothérapie. Elle sut qu'elle était sauvée.

La femme qui dirigeait le service d'ergo était grande et jolie, ferme et aimable. Quelques malades étaient installés à des tables, tournant une poterie, peignant des santons, ou des émaux. Une grande fenêtre ouvrait sur le jardin, de la musique s'échappait d'une radio, il y avait des rires, Béa se sentait bien. L'ergothérapeute lui fit choisir une activité, elle s'installa devant un kilo de terre, joua avec des couteaux en bois, parla à ses voisins. Elle resta encore quelques jours puis son sentiment de culpabilité diminua encore. Pierre vint la chercher pour la ramener à la maison. Une fois rentrée, elle crut retomber dans les angoisses qui l'avaient menée à l'hôpital. La chambre du bébé était vide, Pierre avait enlevé toute trace du drame, remplacé les meubles de la nursery par un bureau et des fauteuils. Plus de berceau, plus de table à langer, plus de peluches traînant à terre ni de biberons ni de poupées. Béa regardait la pièce transformée et se demandait si ce changement signifiait que plus jamais aucun bébé n'en franchirait le seuil. L'espoir d'un quatrième enfant ne l'avait pas quittée. Elle sentait que seule une nouvelle grossesse parviendrait à chasser les idées noires. Elle osa parler à Pierre de son désir d'enfanter à nouveau, qui était devenu une obsession. Il lui conseilla d'aborder le sujet avec Marchiet qu'elle devait revoir bientôt. Elle se remit à vivre normalement, avec des moments de déprime intense, qu'elle vivait seule recroquevillée sur son lit. Marchiet lui dit qu'à cause de ces moments de désespoir, il lui fallait attendre un an au moins avant de concevoir à nouveau. Elle attendit. Elle avait coupé les ponts avec sa famille qui l'avait si mal accompagnée et ne voyait presque personne. Son univers se limitait à Julien et Pierre, et les fleurs du jardin qu'elle ne voulait plus peindre en noir. Julien grandissait et se montrait un garçon raisonnable, travailleur et silencieux. Elle savait qu'elle ne lui accordait pas assez de temps. Il ne s'en plaignait pas mais se glissait parfois dans son lit quand elle lisait. Il ne la touchait pas mais se laissait passer la main dans les cheveux. Parfois, touchée par son immobilité, comme il la laissait lire tranquille, elle le prenait par l'épaule pour le rapprocher d'elle. Avec quelle tendresse alors il osait l'escalader, grimper sur sa poitrine au risque de l'écraser, poser sa tête dans son cou. Elle continuait à lui caresser les cheveux tout en tournant les pages. Le câlin ne durait pas longtemps, Julien s'appuyait sur ses seins de tout son poids, elle le repoussait gentiment. Béa avait encore toutes sortes de préventions sur les enfants auxquels il ne fallait pas prêter trop d'attention, de peur de les gâter. La distance que lui avait imposée sa propre mère était toujours là. Elle faisait descendre Julien, celui-ci ne lui en voulait pas, tout heureux de ces quelques instants échangés.

Elle attendit un an et ses moments de déprime s'espacèrent. Pierre et elle parlèrent alors tranquillement du nouveau bébé qui serait pour bientôt. Béa eut peur de ne pas pouvoir retomber enceinte mais la chose se fit très naturellement. La vieille malédiction, jamais deux sans trois, agissait toujours. Béa craignit aussi de ne pas pouvoir mener la grossesse à son terme. Elle avait peur de tout, de ne pas sentir le bébé bouger, de la moindre douleur. Mais bientôt elle le sentit vivre en elle avec une assurance encore renforcée.

Dans la grande salle de dessin aux fenêtres hautes, Max passe d'un élève à l'autre. Pour le même sujet, autant de résultats différents, de personnalités distinctes. Cette diversité est pour lui une source inépuisable de satisfaction. Dans ce cours pour adultes, un peu à part du travail régulier de l'école, ceux qui viennent ainsi le soir pour apprendre sortent de toutes les catégories sociales, arborent toutes les professions. Ingénieurs, pharmaciens, institutrice, assureur et même un employé de la SNCF à la retraite. Ils s'y rendent par goût, par souci de conférer à leur existence une part de créativité, ils n'en attendent aucun bénéfice matériel. La dépense qu'il faut affronter n'est pas négligeable, c'est pour beaucoup un sacrifice. La gratification n'est pas assurée, certains s'en retournent le soir insatisfaits d'eux-mêmes mais non amers. Tous ont le sentiment d'approcher un art, de donner un peu de leur nature profonde, de creuser en eux-mêmes une vérité. L'effort accompli ne l'est jamais en vain.

Ce soir le modèle est un garçon au corps mince. Le cou est long, le torse un peu féminin, les épaules mobiles, la tête tendue. Après quelques poses rapides, il se tient à moitié allongé, appuyé sur un coude, le genou plié, la main pendante, comme celle de l'Adam de Michel Ange, belle main. Difficiles à saisir, les mains. C'est aux mains que l'on connaît le dessinateur, dit Max. Les élèves les dessinent souvent trop petites pour mieux les cacher. D'autres se contentent d'en indiquer le pouce et la main devient ainsi une sorte de moufle. Peu nombreux sont ceux qui osent en dessiner les doigts, un à un.

De proche en proche Max est parvenu à la hauteur du tabouret de Béa. Celle-ci, à son approche, a tenté un geste pour cacher son dessin puis elle y renonce. Il est curieux d'en voir le résultat. Déjà une fois, la semaine précédente, Max a deviné en elle une érotisation intéressante. Il est intrigué. Cette femme semble la plus âgée de ses élèves. Il sait qu'elle travaille dans une agence immobilière. Elle est encore belle, les cheveux bruns nattés sur la nuque, la chemise blanche sportive dans une jupe noire fluide. Sa silhouette rappelle à Max la longue dame brune de la chanson de Barbara. Le sourire est prompt, relevant les rides autour des yeux noisette. Max s'approche et écarte d'autorité la main de Béa. Il cherche ce qui a motivé le mouvement de fuite. Souvent les élèves esquissent ce geste et craignent de livrer leur dessin à l'appréciation d'un autre. Mais pour Béa c'est autre chose. La silhouette du garçon est bien campée, la ligne est à nouveau privilégiée. Max suit l'épaule, le genou, la main pendante et là, dans l'ombre de l'entre-jambe, à peine indiqué à travers la toison, le trait pourtant bien net, Max discerne un pénis bourgeonnant qui trace son chemin dans la broussaille. Là où l'on ne devrait voir qu'un sexe en repos, la dessinatrice a montré, légèrement, d'un crayon doux, une érection.

Cette audace stupéfie Max. Cette femme de soixante ans a donc encore des désirs inavouables. Elle a osé représenter ce que tous les élèves, sans exception, ne font jamais qu'imaginer, s'ils imaginent. Derrière cette natte lisse, quelle hardiesse, quelle bravoure se cache. Max sans un mot se tourne vers elle, la dévisage. Elle sourit d'un sourire hésitant mais les yeux brillent, rajeunissent la figure. Les rides nombreuses marquent le front, soulignent les paupières, creusent les joues mais ces rides lui vont bien. Sous le regard appuyé de l'homme, le sourire s'élargit encore, intrépide. Ce n'est pas une provocation, c'est une complicité, un signe de joie de vivre. Le dessin n'a rien de pornographique, le trait n'est pas appuyé, la forme est suggérée. Elle est là comme une évidence, comme si elle y avait toujours été. Max se met à sourire à son tour. Il plante les yeux dans ceux de Béa, celle-ci baisse les siens un instant. Elle ne craint pas le regard de l'homme mais celui du professeur. Celui-ci lui prend son crayon des mains, redresse un peu le cou du modèle, puis déclare avec un nouveau sourire :

- Votre dessin n'est pas académique, il serait sans doute refusé par un jury, mais je le trouve beau.

Et le professeur s'éloigne, laissant Béa un peu confuse. Ce prof si sexy n'a pas été choqué, il a même approuvé son travail.

A ce moment Max se retourne vers le groupe des élèves et, en s'adressant à tous:

- Samedi prochain, je signe un livre de dessins à la Librairie Mazarine, près de l'Odéon. Si vous voulez venir, vous serez les bienvenus.

Et voilà que Max se tourne en particulier vers Béa et semble lui parler tout spécialement :

- Ce sont des monotypes, ajoute-t-il, une technique que je vous apprendrai. Mais, comme dit mon jeune ami Yves Chaudouët, un maître du genre, « Il ne faut pas confondre monotype et célibataire ».

En prononçant ces derniers mots, il fixe Béa très distinctement, lui décoche un sourire qu'elle prend en plein cœur et qui l'oblige à ramasser rapidement ses affaires, le bloc, les crayons, la gomme, et à les faire disparaître dans son grand sac de tapisserie, et à s'enfuir sans un regard mais avec une adresse, la Librairie Mazarine, près de l'Odéon, et une date, le samedi suivant à 18 h 30.

Depuis son divorce, dix ans auparavant, Béa n'a pas cherché de nouveau partenaire. C'est son métier qu'elle a privilégié. Une ou deux aventures éphémères, pour se sentir encore vivante, mais rien de sérieux. Il lui a fallu tout apprendre de la vie professionnelle. Un bénévolat pour l'association Naître et Vivre, une association pour la recherche et l'entraide contre la mort subite du nourrisson lui a donné quelques bases de travail ainsi que des connaissances juridiques. Elle aurait pu obtenir un emploi administratif. Mais elle était attirée par un métier de contacts. L'immobilier est un secteur en expansion. La chaîne ForitssImmo lui a offert un PPI, Passeport pour l'Immobilier, une formation de trois fois trois semaines étalée sur six mois et un statut de salariée semi-indépendante avec un minimum mensuel. Les études étaient remboursables par des avances sur recettes. Béa avait ainsi appris la «méthode entonnoir », ou Comment amener la personne à composition pour lui faire acheter ou vendre un bien. Les collègues de l'agence l'appelaient aussi la méthode oui-oui, un processus en sept étapes: l'acceptation de l'objection soulevée, la qualification du bien, la reformulation ou minimisation des défauts du bien, l'isolation du problème posé, le pré-closing c'est-à-dire le traitement de l'objection, la négociation du prix et, pour finir, le closing, c'est-à-dire l'offre. Le tout formant un entonnoir dans lequel le client glissait irrésistiblement.

Accrocheuse, Béa avait apprécié l'excitation toujours renouvelée que procurait la discussion avec le client. Elle aimait aussi les occasions de visiter de nouveaux logements dans lesquels elle imaginait aussitôt les travaux à faire et les améliorations à apporter. Ces visites avaient lieu le plus souvent le soir ou à l'heure du déjeuner. Le matin, elle faisait sans ennui « le Pakistanais » qui désignait de façon triviale la distribution de lettres et de prospectus dans les boîtes aux lettres. La prospection comportait aussi des visites aux gardiens d'immeubles et aux commerçants du quartier. Tout cela était, dans les débuts, varié, amusant. Ce que Béa n'appréciait pas c'était la pression que le patron, un gros homme dont la corpulence rassurait la clientèle, faisait peser sur elle comme sur ses collègues. Le climat de compromission qui régnait dans l'agence en permanence, les petites lâchetés, les mensonges qui constituaient le quotidien des affaires. L'esprit de concurrence et le stress qui accompagnaient chacune des démarches. Il y avait au sein de l'agence une rotation importante de personnel. Les jeunes ne restaient pas plus d'une année à cause de ce stress et Béa attendait avec impatience l'âge où sa retraite la mettrait enfin à l'abri de cette pression.

Pierre, le mari de Béa, choisit pour la naissance du quatrième enfant la Maternité Baudelocque de Port Royal. La famille fut accueillie par le Professeur de Néonatologie et son équipe. La Docteure Dumond, une spécialiste de la pathologie du sommeil, interrogea longuement le couple sur les circonstances de la mort des deux petites filles, Delphine et Julie. Pour la première fois on parla de syndrome de Mort Subite du Nourrisson. Alors mal connue, cette affection touchait en France près de mille cinq cents enfants chaque année et constituait la cause principale de mortalité infantile avant un an. Pierre n'avait jamais rencontré ce syndrome dans ses études de médecine. Béa apprenait qu'il était responsable de la mort de Julie.

Le jour même de la naissance d'Adam, tandis que le nouveau-né reposait tranquillement dans une nacelle à quelques centimètres du lit de sa mère, la Docteure Dumond vint annoncer à Béa qu'il serait examiné par son équipe et probablement équipé d'un moniteur cardio-respiratoire. C'était admettre que lui aussi était fragile et pouvait être mortel. Béa se mit à pleurer, assise sur son lit. En quelques phrases le médecin faisait resurgir tous les mauvais souvenirs. Adam paraissait pourtant en pleine santé. Béa refusait cette médicalisation de son bébé, elle le voulait intact et tout neuf. Elle protestait de tout son cœur.

- Vous avez déjà perdu deux bébés, insista Madame Dumond. Cet enfant est un enfant à risque, il faut le protéger. Il y aura lieu de procéder à un examen polygraphique du sommeil dès sa sortie de clinique. Ça ne fait pas mal, il ne sentira rien.

Béa ravala ses larmes et accepta l'examen. A l'âge de huit jours, Adam fut emmené endormi dans un laboratoire de Port Royal, une pièce toute encombrée de machines. On l'installa dans un lit de toile au milieu de la pièce. Un chercheur en blouse blanche disposa sur son thorax ainsi qu'au coin des yeux et de la bouche des électrodes reliées à un enregistreur. Durant deux heures la bande graphique se déroula, les aiguilles montant et descendant régulièrement sur la feuille. La lecture fut exécutée le soir même par Madame Dumond et le verdict tomba le lendemain. Le graphique faisait apparaître des pauses respiratoires de plus de dix secondes, ce qui entraînait un risque avéré de mort subite. Le bébé serait donc équipé d'un appareil chargé de le réveiller chaque fois que ses apnées dépasseraient la durée de dix secondes. Une sonnerie se déclencherait alors et les parents devraient se rendre à son chevet pour le secouer et l'obliger à reprendre son souffle. Le moniteur serait branché jour et nuit, sauf durant le bain.

C'est ainsi que Béa et Pierre prirent livraison d'une boîte métallique de la dimension d'une petite boîte à chaussures et de tout un assortiment d'électrodes qu'ils apprirent à disposer sur la minuscule cage thoracique d'Adam. Cet appareil de marque Sega, encore expérimental, se déréglait constamment. La sonnerie stridente retentissait chaque fois que le bébé bougeait brusquement, tirant sur une électrode ou la décollant de sa poitrine. A chaque avertissement, Béa accourait et réveillait Adam qui pleurait. Elle voulut installer le berceau à côté de son lit. Pierre s'y opposa à juste titre. Il disait vouloir protéger la mère autant que l'enfant. Au bout de trois jours l'appareil était devenu, pour Béa, une machine infernale. Elle ne lui faisait pas confiance. A tout moment elle se rendait dans la chambre du bébé, tâtait sa poitrine pour s'assurer de sa respiration. Lorsqu'elle l'emmenait en promenade, elle plaçait le moniteur dans le landau. Elle se disait pourtant que, s'il sonnait, elle ne saurait que faire. Comment réagir loin de la maison et du téléphone? Que faire au cas où Adam mourrait subitement dans le parc? Elle était affolée. Elle renonça aux promenades. Elle guettait la moindre pâleur sur son visage, imaginait le pire à chaque instant. Un bébé mort est un bébé qui dort, avait-elle appris avec Julie, un peu plus pâle seulement. Le moniteur était devenu un ennemi.

Un samedi matin, en l'absence de Pierre, le moniteur se mit à sonner sans arrêt. Béa devint folle, elle eut envie de le prendre et de le jeter par la fenêtre. Elle fit une prière et demanda à Dieu de la débarrasser du moniteur. Elle sentait qu'Adam était en bonne santé. Elle avait perdu deux enfants, est-ce que ça ne suffisait pas ? Elle se reprochait surtout de n'avoir pas su s'occuper de Julien, son fils aîné. L'enfant avait grandi tout seul tandis qu'elle lisait tous ces romans. Elle se souvenait particulièrement d'un épisode de l'enfance de Julien. Il devait avoir alors un peu plus de six mois. Elle l'avait laissé endormi dans la voiture alors qu'elle déjeunait au restaurant. La voiture était à l'ombre mais le soleil avait tourné. Une servante du restaurant vint la prévenir que le bébé pleurait. Dans sa voix, il y avait un accent de reproche. Le soleil tapait sur le toit de l'auto. Le visage de Julien était couvert de grosses gouttes de sueur et il criait à pleins poumons. Béa prit peur. Elle l'enleva dans ses bras et lui donna de l'eau à boire. Il but avidement, il était sauvé. Aujourd'hui Béa ne pouvait s'empêcher de penser que Dieu avait sauvé Julien mais qu'il lui avait pris ses deux petites filles. Elle pensait avoir assez payé. Elle demandait un signe.

Le moniteur ne sonna plus, il était cassé. Pierre se procura un appareil d'une autre marque qui n'eut pas besoin de sonner. Ils le gardèrent un mois de plus puis s'en débarrassèrent. Adam devait prendre du Prantal deux fois par jour. Ce médicament était un accélérateur cardiaque. Son goût était très amer. Béa l'écrasait dans les bouillies d'Adam, dans ses desserts. L'enfant le recrachait souvent. Lorsqu'il eut dix-huit mois, l'équipe médicale décida d'arrêter le Prantal. Adam était sauvé. Béa continuait à chanter intérieurement le soir pour s'endormir. Désormais elle ressentait aussi ce qu'elle ne connaissait que par les livres, la crainte de Dieu. Cependant à aucun moment elle n'eut envie de se rapprocher de la religion. Elle s'attacha désormais à devenir une bonne mère. Julien et surtout Adam furent l'objet de tous ses soins. L'aîné ne causait pas de soucis, il travaillait bien à l'école et promettait de faire de bonnes études. Adam était plus exigeant. Habitué à la présence de sa mère il la réclamait à tout moment. Béa n'envisageait pas de se mettre à travailler. Elle militait à Naître et Vivre, l'association qui réunissait les parents d'enfants morts de mort subite du nourrisson.

A l'appel du Professeur de néonatologie de Port Royal, des couples de parents s'étaient mobilisés pour créer une association, l'AEPMSIN, Association d'Etudes pour la Mort Subite Inexpliquée du Nourrisson. Béa et Pierre participèrent à la première réunion qui se tint dans un appartement parisien. Loin de se rassembler pour pleurer, les couples entreprirent d'informer le grand public sur le syndrome de MSIN. Béa avait beaucoup souffert de l'incompréhension de sa famille et de sa mise en accusation. Elle voyait dans cette action d'information une possibilité de se disculper et de mettre à jour les circonstances de la mort de ses deux petites filles. Elle rédigea une brochure explicative ainsi que les discours de la présidente. Pierre, le premier, pensa à créer des liens avec d'autres associations en régions. La Bretagne était particulièrement active. La présidente de l'association de Guingamp ainsi que ceux du Finistère et du Nord de la France vinrent au rendez-vous à Paris. Sur un coin de table de bistrot, les premiers paragraphes d'une charte jetant les bases d'une Fédération. Celle-ci se heurta d'abord aux réticences de médecins qui ne voyaient pas d'un bon œil se lever un nouveau pouvoir aux mains des parents. La volonté de ces derniers triompha pourtant. La toute jeune

Fédération devait se trouver une appellation. Un brainstorming fut organisé. Proposé par l'association de Lille, le nom de Naître et Vivre fut plébiscité dans l'enthousiasme. L'organisation se donna des statuts, un local. Béa en devint la secrétaire lorsque Pierre en fut le président. Peu à peu son sentiment de culpabilité s'effaçait. Il ne disparut cependant jamais complètement.

Naître et Vivre s'attacha à collecter des fonds pour aider la recherche et favoriser l'information. La MSIN était encore un fléau qui endeuillait mille cinq cents familles chaque année. Les parents étaient les victimes de l'incompréhension et de la suspicion de leurs proches. Certains couples se voyaient même l'objet d'une enquête policière. Obligés de se défendre, alors même qu'ils étaient touchés par le deuil, ils étaient accusés au mieux de négligence, au pire d'infanticide. Une campagne d'information s'imposait, destinée au grand public. Naître et Vivre réalisa un dossier de presse, prit contact avec les télévisions et la Presse Quotidienne Régionale. Une équipe d'Antenne 2 vint tourner un reportage et Béa fut chargée de s'exprimer au nom des parents

La recherche s'attachait aux causes de cette mort subite qui narguait la science médicale. L'équipe de neurophysiologie réalisait un travail important sur les apnées du sommeil. D'autres chercheurs exploraient des directions différentes. On n'excluait pas un facteur génétique. Naître et Vivre fut subventionnée par le Téléthon pendant plusieurs années. La Fondation Paribas prit le relais. La mort subite continuait cependant de frapper. Ce ne fut que bien des années plus tard qu'apparut la notion d'hyperthermie. L'idée qu'une fièvre dangereuse survenait lorsque le bébé était couché sur le ventre faisait son chemin. Delphine et Julie, comme des milliers de bébés de la génération du Docteur Spock, avaient été couchées sur le ventre. Le Ministère de la Santé orchestra une campagne télévisée conseillant instamment aux parents de coucher leur enfant sur le dos. Cela seul suffit à faire chuter le nombre de morts subites en France. Le syndrome n'est pas vaincu, il reste apparent encore aujourd'hui mais le nombre de morts a été divisé par quatre.

Adam, le quatrième enfant de Béa, avait très tôt manifesté un esprit d'indépendance et le désir de mener ses expériences à l'écart de ses parents. A l'âge de treize ans, en compagnie d'un de ses camarades, il s'était emparé d'une bouteille de rhum et l'avait vidée le soir sur un banc du quartier Latin. Entièrement ivres, les deux amis avaient été ramassés par une ronde de police qui les avait déposés à l'hôpital Cochin, à une heure du matin. Prévenus par téléphone, les parents avaient récupéré leur rejeton dans la nuit. Il n'avait pourtant pas été nécessaire de leur faire la leçon, les faits parlaient d'eux-mêmes et ni l'un ni l'autre n'avaient jamais récidivé.

Les années avaient passé et Adam avait attendu l'âge de dix-sept ans pour se lancer dans une nouvelle exploration de ses possibles. Avec une demi-douzaine d'amis, garçons et filles, il avait découvert l'aventure sous la forme d'escapades nocturnes dans le secteur non protégé des catacombes de la capitale. L'ivresse des profondeurs, les longs cheminements obscurs, l'excitation, la transgression faisaient battre leur cœur.

Ils partaient à minuit, vêtus de vieux jeans et de K-ways fatigués, chaussés de bottes et munis chacun de sa lampe de poche. Et avec quel soin ils veillaient à disposer de piles de rechange! A l'endroit convenu ils quittaient les chemins balisés, descendaient une butte, s'aventuraient dans les couloirs noirs. Ils marchaient durant des heures, se repérant à l'aide d'un morceau de plan vaguement établi par un autre aventurier, faisant demi-tour, rencontrant de temps en temps des individus munis comme eux de lampes de poche, qu'ils distinguaient à peine. Bravement ils échangeaient des mots et des plaisanteries. A chaque descente ils poussaient plus loin, à travers des carrefours inconnus, par des voies nouvelles, noires comme de l'encre. Adam se souvenait qu'il avait ainsi rêvé d'explorer une fourmilière, d'aborder la chambre des larves, de déboucher sur celle de la reine. Cette fois c'était une chasse sans trésor, une expédition tout intérieure, à la recherche d'eux-mêmes, de leur endurance, d'un exploit désintéressé.

Béa les regardait partir avec inquiétude. Elle dormait mal. Pierre, étrangement, ne s'opposait pas à ces croisades obscures. Béa n'osait pas tenter d'y mettre un terme. Depuis longtemps le ménage ne s'entendait plus. Leurs relations sexuelles étaient inexistantes. A la ménopause de Béa, ils s'étaient éloignés sans autre raison qu'une désaffection physique. Ils faisaient encore l'amour le dimanche matin, sans vrai désir, pour sauver quelque chose. Béa pourtant ne se méfiait pas. Pierre avait toujours été là. Elle savait qu'il avait une maîtresse, une infirmière de son service, elle acceptait le fait comme une fatalité, ses enfants l'occupaient toute.

Adam et ses amis revenaient à huit heures du matin, épuisés. Ils avaient marché toute la nuit dans les souterrains et ne pouvaient plus soulever les pieds. Ils quittaient leurs bottes boueuses, leurs blousons mouillés et s'écroulaient sur le sol de la chambre d'Adam, les uns sur les autres. Ils s'endormaient là jusqu'à midi. Dès leur réveil ils s'éclipsaient en se donnant rendez-vous pour une autre expédition, à voix basse. Béa souhaitait de toutes ses forces qu'ils s'arrêtent, qu'ils renoncent d'eux-mêmes, lassés. Le manège dura des semaines.

Dès l'année suivante Adam parla de quitter la maison. La maîtresse de Pierre téléphonait à tout moment et la situation devenait intenable. Julien, l'aîné, avait déjà pris le chemin de la liberté, travaillant dans une bibliothèque tout en continuant des études d'Histoire. L'appartement se vidait, Béa voyait son monde basculer. Pierre partit à son tour, entama la procédure de divorce. Il fallait vendre le logement et partager le fruit de la vente. Meubles et objets partaient peu à peu. Elle-même les entassait dans la chambre du fond, pour ne plus les voir. Elle vivait dans une sorte de terreur de se retrouver seule, mélangée à un certain sentiment de libération. Elle n'était plus obligée de préparer des repas et se nourrissait elle-même de salades et de sandwichs. Sa vie s'était défaite contre son gré, elle ne s'en sentait pas responsable, Elle avait fait de son mieux, pendant toutes ces années. Elle pensait déjà à une nouvelle relation qu'elle imaginait plus légère, sans responsabilités, rajeunissante. Mais cette autre rencontre n'était pas sa priorité. Elle voulait travailler, s'accomplir dans une profession, retrouver confiance en elle-même, en ses capacités, avant d'entamer la recherche d'un partenaire.

Les cours de dessin et surtout la confrontation avec leur professeur, dix ans après son entrée dans un désert affectif, furent un électrochoc. Elle se réveilla d'un long sommeil et son corps se mobilisa. En une semaine elle passa de la passivité à un réveil amoureux. Son goût pour les Beaux-Arts avait ouvert la voie à un cheminement plus secret.

Elle prenait aussi conscience que cela faisait des années qu'elle n'avait pas consulté un gynécologue. Le vieux docteur Bernard ne recevait plus depuis longtemps. Elle prit rendez-vous avec une inconnue, la Docteure Moussa, une jeune femme de trente ans qu'elle vit le samedi matin avant sa rencontre à la Librairie Mazarine. C'était une brune au regard aigu qui l'inspecta des pieds à la tête. En arrivant au cabinet médical elle avait préparé son histoire. Elle avoua qu'elle n'avait presque pas eu de rapports sexuels depuis dix ans.

- Presque pas? l'interrompit Madame Moussa.
- Une ou deux aventures sans lendemain. Et maintenant j'ai soixante ans. Est-ce qu'il est trop tard ?
- Certainement pas. Aussi longtemps qu'on en a le désir.

La jeune femme l'examina. Elle dit que tout allait bien,

lui fit un frottis, et une ordonnance pour une mammographie. Elle la prévint que son retour à la sexualité serait progressif. Elle lui recommanda un tube de Try, un lubrifiant vaginal qui lui permettrait d'avoir un premier rapport quand elle voudrait. Béa remercia et insista pour obtenir une prescription pour un Traitement Hormonal de Substitution. Elle avait perdu son mari, disait-elle, à cause de la sécheresse vaginale qui était survenue à la ménopause. Elle ne voulait pas perdre son futur amant. Madame Moussa la dévisagea de son regard aigu. Mais Béa n'ignorait pas que ce traitement entraînait un risque accru de cancer du sein. Elle était au courant de toute la polémique que ce sujet avait suscité dans le monde médical. Les études américaines, les rapports de leurs homologues français, la distance que la plupart des gynécologues avaient prise vis-à-vis du THS. Béa insistait, assurait que le risque zéro n'existait pas, qu'elle serait bien suivie à l'avenir. Madame Moussa lui prescrivit donc six boites d'Activelle, un petit carrousel de vingt-huit comprimés pelliculés à prendre chaque soir. Elle lui fit aussi d'une voix nette un discours sur les bienfaits de la masturbation pour stimuler la vie sexuelle. En sortant de chez sa gynécologue, Béa était remontée à bloc. Elle se précipita chez le pharmacien pour se procurer le Try et l'Activelle. En rentrant, elle prit le premier cachet, se déshabilla, s'allongea sur le lit, déboucha le tube de lubrifiant et en appliqua une noisette sur sa vulve. Immédiatement elle connut un orgasme. Elle le reconnut aussitôt, elle n'en avait pas ressenti depuis dix ans. Enchantée, elle se leva, prit une douche, lava ses longs cheveux, les sécha au séchoir. Elle s'habilla soigneusement, se maquilla. A cinq heures de l'après-midi, elle était prête. Le rendez-vous n'était qu'à six heures trente. Elle l'attendit en allant et venant du miroir de la salle de bains à la grande glace de l'entrée. Ce qu'elle voyait lui convenait, elle se trouvait belle. Depuis dix ans elle n'avait pas regardé un homme dans les yeux.

Après avoir quitté ses parents, Adam s'installa à Beaupré, une vieille maison qui appartenait à son père C'était une grande villa blanche construite au Dix-neuvième siècle au milieu d'un parc, près de la forêt de Montmorency. Etablie dans un vallon, sur un terrain argileux, la maison avait souffert de la descente des eaux. Elle en gardait une allure fragile, des ailes périssables, des fenêtres de guingois, un air de vieille aristocrate penchée sur ses fondations de mâchefer. Le jardin était abandonné depuis longtemps, la pelouse changée en pré resplendissait au printemps, une roseraie persistait dans la cour.

Adam réserva la plus belle chambre aux éventuelles visites de la famille et reprit celle de son enfance qui possédait une tapisserie fleurie et une cheminée de brique. Attiré par le théâtre, il commençait des études universitaires à Saint Denis, section Arts du spectacle. Tout petit, il avait participé à des représentations organisées par son école, où il tenait souvent le premier rôle. Plus tard, son père l'avait inscrit à des stages d'art dramatique dans le département. Son retour à Beaupré n'était pas fortuit, il répondait à ses aspirations les plus profondes.

Il accueillait souvent des amis étudiants auxquels il

faisait la cuisine. Là encore, il avait appris de son père à manier les casseroles. Il concoctait des plats économiques, gratins de courgettes et tartes au potiron. Ensemble ils dînaient sur la terrasse dans une vaisselle hétéroclite, rescapée des divers déménagements. Lorsque l'hiver se fit plus sévère, ils allumèrent des radiateurs électriques et prirent leurs quartiers dans la grande salle à manger décorée d'une toile peinte du Dix-huitième. Au milieu des courants d'air, ils faisaient de la musique, Adam jouait de la clarinette. Ils travaillaient aussi leurs cours et répétaient quelque spectacle. A Noël ils firent un grand feu dans la cour et s'assirent sur des rondins. Les filles chantaient. Adam devenait végétarien, vivant dans la nature et buvant des jus de fruits. Les amis apportaient parfois des bouteilles de vin qu'il ne refusait pas.

En mars leur parvint une facture d'Electricité de France. Elle se montait à douze mille francs. Adam n'avait pas le moindre sou. Il obtint des délais et fit le tour des amis. Bientôt il créa une association qui prit le nom des «Amis de Beaupré ». Il fit cinquante-trois adhérents. La facture fut honorée, ainsi que d'autres.

Un peu plus tard ils organisèrent leur premier Festival d'Arts et Spectacles. Durant un week-end, la salle à manger fut tapissée de draps blancs et des peintures de toutes inspirations y furent accrochées. Des sculptures de fil de fer s'élevaient dans les passages. Les spectacles se succédaient dans le pré, sur une estrade de fortune. On s'asseyait dans l'herbe, on achetait à la buvette des mixtures étranges où dominaient la cannelle et les clous de girofle. On mangeait debout pour trois francs des gâteaux incertains. Béa vint pour voir Adam jouer avec Stéphanie un dialogue poétique intitulé «Petites formes ». Adam l'avait écrit entre deux cours. Il s'était aussi lancé dans la composition d'une pièce en cinq actes dont on pouvait lire des fragments dans le cabinet de lecture aménagé dans le grand salon de Beaupré, près de la fenêtre. Des tapis, des coussins et de la musique. C'était un coin privilégié où l'on trouvait aussi des exemplaires fatigués des Illuminations de Rimbaud et des Fleurs du mal.

Stéphanie faisait comme Adam ses études à l'Université de Saint Denis. A la grande surprise de celle-ci, elle tutoya immédiatement Béa. Elle portait des robes étroites sur des jambes robustes et coiffait à la diable ses cheveux blonds. Chaussée de ballerines, habituée à la scène, elle avait des allures très libres de danseuse. Les amis de Beaupré étaient comme elle très décontractés, vêtus de tenues bohèmes, jeans coupés aux genoux et barbes en broussaille. Béa les trouva cependant très bien élevés. Ils étaient aimables et souriants à son endroit.

Certains étaient venus en voiture, l'un d'eux disposait d'une roulotte qui stationna dans le pré du côté de la haie d'ifs et servit de loge aux comédiens. Le propriétaire de la roulotte s'y sentit bien et passa l'hiver dans le pré. Plusieurs fois dans l'année Adam envoya à ses adhérents un rapport alerte, illustré de petits dessins, sur les activités de l'association.

L'année suivante ce furent trois roulottes qui s'amarrèrent dans le pré. Beaupré se changeait en caravansérail et la pelouse en bourbier. Béa regrettait la belle prairie chargée de fleurs au printemps. Le second Festival ouvrit ses portes en juin. L'estrade grossière était remplacée par un beau parquet de teck. La buvette s'était équipée d'une machine à café et d'un comptoir de bois. Les amis étaient de plus en plus nombreux, certains venus de loin. Ils arboraient parfois des mines redoutables, cheveux longs tressés comme les prisonniers du couloir de la mort. Cependant sur le parquet tout neuf Adam donnait toujours un spectacle avec Stéphanie, vibrante et drôle. Béa était contente de voir Adam si jeune et déjà si heureux.

La troisième année, pourtant, il décrocha de l'association, abandonnant la présidence à qui voulait. Fatigué de son rôle, il ne participait plus au Festival et s'y rendait en invité. Il avait passé l'hiver à travailler dans le petit logis de Stéphanie, rue Simart. Béa apprenait aussi que celle-ci ne voulait pas se marier mais souhaitait avoir de nombreux enfants avec Adam. Ce dernier n'avait que vingt-trois ans, son rôle de président associatif avait effacé son jeune âge. Il travaillait à son mémoire de maîtrise, une étude sur le rêve. Le sujet lui allait bien, lui dont l'imagination était si fertile. Il avait terminé sa pièce en cinq actes qu'il jugeait injouable en raison du trop grand nombre de personnages.

Son amie choisissait de présenter le concours de l'IUFM pour devenir professeur des écoles. S'ils désiraient ensemble fonder une famille nombreuse, il devenait judicieux que l'un des deux au moins ait une profession stable.

La librairie Mazarine est consacrée tout entière aux livres d'art de toutes époques. A gauche de l'entrée veille le jeune directeur, derrière une caisse haute. Des rayonnages s'élèvent le long des murs et au milieu de la boutique, sur une table, sont dressés les derniers ouvrages parus. Au fond, un petit bureau d'où partent les commandes.

Béa est arrivée à six heures quarante-cinq et Max n'est pas encore là. Une dizaine de personnes stationnent dans les passages, un livre à la main. Les œuvres de Max sont empilées sur la caisse, quatre titres, chez des éditeurs différents. Béa choisit celui qui est intitulé «Monotypes», un recueil de dessins en noir et blanc. Elle le feuillette un instant. Chacune de ces vues recèle une observation, une ambiance. Ce sont des instantanés de vie, non pas réalistes mais imaginaires. Un cheval sans cavalier dévalant une prairie, un passage à niveau sans train, l'ombre d'un avion sur une meule de foin, une rangée de chauve-souris. Ces dessins sont empreints d'une angoisse légère, agréable. C'est une descente dans l'inconscient, une plongée brève dans les abysses, sans danger réel pour le plongeur. Béa en ressent une intense jubilation. Le livre ne coûte que douze euros, c'est peu pour une telle visite, renouvelable à volonté. Béa paie par carte puis se tourne vers l'assistance. Elle ne connaît personne, ne retrouve aucun des élèves qui travaillent avec elle aux Beaux-Arts. Max fait son entrée juste au moment où l'impatience commence à gagner. Il salue à la ronde, très à l'aise. Il est vêtu d'un de ses jeans immortels et d'une chemise noire sans col qui le fait paraître encore plus bronzé. Sa minceur est extrême. Il paraît plus grand que Béa ne l'avait perçu tout d'abord. Il s'excuse de son retard avec peu de conviction, chacun sent que ce délai est intentionnel. Quelle tristesse en effet d'arriver le premier.

Max a aperçu Béa dès l'entrée. Son regard l'a englobée aussitôt. Elle est belle et sage avec sa jupe noire longue et sa natte tressée d'un ruban rose. Nul ne peut imaginer quel trésor de sensualité se cache derrière son allure de petite fille. Elle se tient en retrait, discrète. Max lui adresse un sourire puis attend qu'elle se présente à lui pour faire signer son livre. Il commence à dédicacer ses ouvrages. Il connaît tout le monde, échange à chaque fois des phrases aimables. Il y a là le propriétaire de la maison qu'il loue en Normandie, la présidente du Conseil syndical de son immeuble. Des amis du couple qu'il formait avec Noémie. Certains arrivent encore, ils sont venus par paires. Rodolphe et Mona, Noël et Florence, Zacharie et Emilie. Ils rient, plaisantent amicalement. Béa découvre la popularité de son professeur. Lui qui était plutôt discret pendant les cours se met ici au diapason. Toute la librairie retentit de leurs rires. Un rire que Béa apprend à connaître, énorme. Enfin celle-ci parvient à la caisse. Max a préparé quelques mots :

- Pour Béatrice Marchelier, parce que c'est elle, parce que c'est moi, signé Max.

Béa est émue. Ces mots très personnels la surprennent et la touchent.

- Attendez-moi, ajoute alors Max à mi-voix. Nous irons dîner chez moi.

Il brûle les étapes. Béa en a le souffle coupé. Pourtant elle ne résiste pas. Elle sait qu'elle-même l'a beaucoup provoqué avec ses dessins, et il arbore, en la regardant, cet air souffrant que donne le désir Pourquoi pas, se dit Béa. Elle est prête. Elle s'est préparée toute la journée à ce moment-là. Elle acquiesce d'un signe de tête.

Enchanté, Max se tourne alors vers la salle. Prenez un verre dit-il à l'assistance en souriant largement. Certains se dirigent vers le petit bureau du fond. Le directeur de la librairie a disposé quelques bouteilles.

- Le vin blanc n'est pas frais, s'excuse-t-il d'un air distrait.

- Une signature n'est pas une dégustation, s'écrie Rodolphe avec son fort accent du Roussillon.

Ils rient. Laissant le vin blanc, ils goûtent le rouge avec des grimaces.

- Nous sommes chez les intellectuels, explique Zacharie à mi-voix.

- Prenez un verre, Monsieur Bolet, dit le directeur au pique-assiette du quartier, qui fait tous les vernissages.

Béa boit du jus d'orange. Elle regarde avidement les amis de

Max. Ils ont des têtes intéressantes mais ce ne sont pas des intellos, plutôt des bons vivants. Les femmes sont discrètes mais souriantes.

Enfin Max se libère et rejoint le groupe au fond de la boutique. Nouveaux rires et toasts au livre de Max; Puis celui-ci entraîne Béa au-dehors, après un au-revoir à la ronde. Ils prennent le métro jusqu'à Stalingrad et parviennent au Quai de la Seine. Au sixième étage, ils pénètrent dans l'appartement. Un bref regard de Béa sur les tableaux de l'entrée, des dessins encadrés d'un style Art-Déco, et ils se rendent dans la cuisine. Max sort d'un énorme frigo un plat de céramique recouvert d'un film alimentaire. Ce sont des brochettes de suprêmes de volaille à l'estragon frais, annonce Max. Béa ne sait pas ce que sont les suprêmes. Elle ne le demande pas. Elle est stupéfaite :

- Vous ne saviez pas que j'allais accepter votre invitation !
- Si vous n'aviez pas accepté, j'aurais mangé tout seul répond Max, tout sourires.

Béa se débarrasse de sa veste dans un placard. Max ne propose pas d'apéritif, ils sont censés l'avoir pris dans la librairie. Toujours de l'immense frigo plein à ras-bord, il a tiré une paire d'andouillettes AAAA, à la forme équivoque sous la peau translucide. Il les installe dans du beurre fondu qui pétille un peu trop fort.

- Ce beurre est plein de flotte, s'écrie-t-il impatiemment en remuant la poêle.

Et Béa reconnaît aussitôt un homme à l'aise dans une

cuisine. Son ex-mari, Pierre, était lui aussi un gastronome. Elle est contente. Elle admire la collection de cuivres qui garnit les murs.

- Je peux mettre la table? Propose-t-elle.

- C'est fait. Sur la terrasse. Vous pouvez couper le pain.

Et il lui tend un superbe panier en argent. Elle découvre la petite terrasse sur le Bassin de la Villette. Les peupliers frémissent. Au loin la rotonde de Ledoux luit dans la nuit. Tenant toute la place, une table en Redwood entourée de huit chaises. Des sets de lin beige, serviettes assorties, couverts en argent et assiettes de porcelaine fine.

- Tout cela est très raffiné pour un homme seul, dit Béa, de retour dans la cuisine.

- Cela vient de ma mère, répond sobrement Max.

Il s'occupe des andouillettes, se débarrasse de l'excès de graisse, met à chauffer un verre de calvados, flambe le tout, jette des échalotes hachées très finement, de la moutarde ancienne. Laisse mijoter, prépare une salade, les coupes du dessert et enfin se met à table avec l'entrée. Fidèle à sa tactique, il tient la bouteille de Saint-Amour, la débouche après en avoir montré l'étiquette à Béa et s'apprête à remplir son verre. D'un geste de la main, celle-ci arrête celui de Max.

- Je ne bois pas de vin, dit-elle fermement

- Pas du tout? Même pas celui-ci ?

Et il montre à nouveau l'étiquette, tout déçu.

- Saint-Amour, je ne connais pas...

- C'est un cru du Beaujolais, commence Max avec espoir...

- Je n'en prends pas. Je suis abstème.

- Abstème ? Vous voulez dire abstinente ? interroge-t-il avec une grimace.

- Non, non, abstinente signifierait que je m'abstiens de rapports sexuels, ce qui n'est pas le cas. Abstème veut dire que je ne bois pas de vin, c'est tout...

- Jamais?

- Jamais.

- Depuis quand? demande Max, incrédule.

- Depuis toujours. J'avais un grand-père alcoolique. Tous les soirs il rentrait ivre à la maison. Sa chambre était juste à côté de la mienne. Je l'entendais jurer et se cogner dans les meubles. Je me suis juré de ne jamais boire de vin, ni aucun alcool.

- Abstème, je ne connais pas ce mot-là, insiste Max avec mauvaise humeur.

- C'est un mot qui est apparu pour la première fois dans un dictionnaire flamand. Il désignait un prêtre qui a obtenu de l'Eglise d'être exempté de vin pour les sacrements.

- Si c'est une question de religion, s'élance à nouveau Max avec conviction, je peux vous dire que ce sont les religieux qui ont imposé et généralisé la culture de la vigne au Moyen Age, et pas seulement pour les sacrements.

Béa fait un signe d'ignorance.

- Mais oui, je vous l'assure, dit Max avec véhémence, c'est dans les couvents, les abbayes que l'on a commencé à produire les bons vins de Bordeaux et de Bourgogne.

- Pour moi ce n'est pas une question de religion, plutôt de méfiance...

- Alors je vous apprendrai à goûter le vin, s'écrie Max, rassuré.

Si ce n'est pas une question de principes, il est sûr de venir à bout de cette méfiance. Il se sert lui-même et verse une larme de Saint-Amour dans le verre de sa compagne.

- Ne le buvez pas, dit-il avec empressement. Regardez-le, sa robe, sa couleur. Prenez le verre dans la main, par la jambe. Sentez-le. Vous sentez ses arômes de fruit?

- Il y a longtemps que je n'ai pas senti du vin, dit Béa souriante. Ce n'est pas si mauvais...

- Ne le buvez pas, pas aujourd'hui, lance Max tout content. Restez sur son parfum.

Elle repose le verre docilement. Max fonce à la cuisine surveiller les andouillettes, quand il revient Béa est déjà conquise. Cet homme-là est attentif, il lui plaît. Max ajoute une cuillère de crème. Les andouillettes sont fondantes, étonnantes, peu grasses malgré la sauce.

- Vous êtes un homme précieux dit Béa, vous savez tout faire, les dessins, la cuisine...

Il l'embrasse en souriant. Sa bouche devient exigeante. La chambre est accueillante, avec ses rideaux de mousseline bleue. Le corps de Béa aussi, comme un coquillage. Ils s'emboîtent à merveille. Le préservatif ne les trouble pas. Béa a mis une noisette de Try à l'entrée du vagin. Max est admiratif. Elle bouge bien. Il la trouve émouvante, les seins un peu affaissés, le pubis éclairé de blanc. Il est enchanté quand elle l'escalade et vient s'empaler sur lui.

- Toi aussi tu sais tout faire !

Et bientôt l'un et l'autre se consacrent au plaisir, c'est une tète dont ils sortent tous deux émerveillés. Tandis qu'ils se reposent sur le dos, les jambes emmêlées :

- Non, tu n'es pas abstinente, heureusement ...

- Seulement abstème ...

- Ne dis pas ce gros mot !

Elle rit.

- Tu ne le resteras pas, je te le promets.

Il se dresse sur un coude. Il prend sa main et la pose sur son pénis. Encore une fois ils vont s'apparier, encore une fois leur rythme s'accorde.

- Allez, allez ! crie Max, comme un cocher à son cheval

Un peu choquée mais consentante, elle va, au trot, au galop. L'amour, chez eux, tient de la course attelée mais ce n'est pas une compétition. Il s'agit d'arriver ensemble. Et quand ils ont franchi la cime, ils redescendent aussi à deux, s'épongent l'un l'autre, flattent leur encolure. Et comme il n'y a pas de raison de s'arrêter, ils repartent une troisième fois à l'assaut. Leurs vieux corps épuisés se sont remis à cavaler, pour le plaisir. Leurs muscles fatigués, leurs jambes lasses se sont mobilisés encore. Le troisième préservatif avait un goût de fraise.

Leur âge les a quand même rattrapés dans leur sommeil. Béa

s'est levée à deux heures du matin pour prendre un somnifère. Max, de son côté s'est réveillé à cinq heures et demie, pour ne plus se rendormir. Ils se sont retrouvés devant un café bienvenu. Ils ont mangé les coupes de fruits négligées la veille. Max a coupé une brioche, Béa s'est jetée dessus.

- Tu ne sais pas boire mais tu manges bien, a dit Max tout content.

Elle a ri et lui a baisé la main.

- Je t'appelle ...

- Moi aussi. ..

Ils ont besoin de se retrouver seuls, d'évacuer un trop-plein. Mais le soir même l'envie leur venait d'entendre la voix de l'autre. Et jusqu'au mercredi suivant ils se sont appelés chacun à son tour, mais précautionneusement, pas plus d'une fois par jour. Ils se revoient le soir au cours de dessin et cette fois, bien sûr, c'est Béa qui fait la cuisine. Et ce soir-là ils ont commencé à se raconter soixante années de vie.

« Elévation », c'est le mot qui vient à l'esprit de Max quand il pense à ses années d'études aux Beaux-Arts. Elévation de l'esprit, élévation des sens. Certains jouent au football, d'autres aux échecs, lui avait le sentiment d'être en dialogue avec l'histoire de l'art.

L'école était avant tout un lieu d'échanges et de réflexion. On y discutait sans cesse, au café, entre deux cours. C'étaient des discussions très libres, les étudiants étaient souvent livrés à eux-mêmes, en l'absence des professeurs. Ils parlaient à perte de vue de la fonction de l'art, de ses intentions. Chacun en examinait les desseins, on évaluait ses objectifs, on s'efforçait de définir ses motivations. Quand les professeurs étaient de retour, on allait au Louvre, en face. Il suffisait de traverser la Seine pour voir Vélasquez, Goya, Chardin. Cela remettait les pendules à l'heure. On apprenait à regarder plus juste. C'est cela que lui avaient enseigné ses études, à voir plus juste. Un travail sur l'observation. Les cours étaient très calmes, très concentrés. On aimait travailler.

Max avait commencé à dessiner très tôt, dès l'âge de dix ans. Quatre ans plus tard, sa mère l'inscrivait dans une académie privée, à Chatou. Il suivait des cours classiques, avec des modèles vivants. A l'âge de quinze ans il imprimait ses premiers monotypes. C'étaient des empreintes à l'encre d'imprimerie sur une plaque de zinc. Il dessinait directement sur la plaque et appliquait ensuite le papier de riz qu'il frottait avec une petite cuiller pour le faire adhérer. Il n'y avait qu'une seule épreuve, en noir et blanc, c'était le contraire de la gravure. Depuis cinquante ans il traînait la même plaque de zinc partout, en voyage, dans le train. Les idées ne lui venaient pas du paysage, mais d'une histoire racontée, d'un vécu précédent, c'étaient des images intérieures. Le monotype était pour lui une sorte de déni de la peinture, parce qu'il s'agissait d'une empreinte à l'envers, sur une matrice qui générait l'œuvre ensuite, avec toute sa part d'aléatoire. Et c'était cette part de hasard qu'il aimait, le résultat le surprenait toujours, le premier. Tout le plaisir était là, dans cette découverte, dans la surprise qu'allait lui apporter le nouveau dessin. Il ne disait pas la création.

A ce jour il avait imprimé déjà huit cents ou mille monotypes. Il avait réussi à faire éditer quatre livres qui ne lui avaient pratiquement rien rapporté. Il ne touchait que six pour cent dei prix public hors taxes, ce qui faisait soixante centimes par ouvrage vendu. Mais cela lui importait peu, il vivait dans le luxe, le luxe inouï de faire ce qu'il lui plaisait de faire. Il n'avait rien rêvé d'autre. Son salaire de prof lui suffisait, il n'avait pas d'enfants, n'en avait jamais eu envie, pas plus que Noémie. Cela ne leur avait pas manqué, l'amour leur en tenait lieu. Jusqu'à l'accident.

A Béa il ne disait pas « je t'aime », ces mots-là avaient déjà servi. Il les avait trop dits à une autre, depuis si longtemps. Il aurait eu l'impression de trahir Noémie. Béa s'en agaçait de temps en temps. Elle disait :
- Si ce n'est pas de l'amour, c'est bien imité.
Et lui la félicitait de sa sagesse.
Un mois après leur rencontre il avait apporté chez elle sa brosse à dents. Jamais encore il n'avait laissé le moindre objet à son domicile. Elle s'en était inquiétée. Le manche de la brosse à dents était barré d'un sparadrap
- Elle est blessée, disait Béa.
Il avait hoché la tête. Elle n'avait pas touché au pansement. La brosse avait rejoint celle de Béa dans le verre à dents au-dessus du lavabo. Béa n'avait pas fait d'autre commentaire mais une nouvelle douceur était apparue dans ses gestes, en faisant l'amour.

Elle aussi avait eu son compte de souffrance, plus que son compte. La mort de ses deux petites filles, un divorce. Ils étaient conscients de leur fragilité. Le désir qui les jetait sans cesse l'un contre l'autre les baignait, pansait leurs plaies. L'amour les rendait meilleurs.

Julien et Adam, malgré leur écart d'âge, possédaient de nombreux points communs. Tous deux aimaient la paternité. Julien ainsi qu'Eliane, sa femme, furent les premiers à mettre au monde un petit garçon nommé Clément, un nom de pape. La famille d'Eliane était bretonne et attachée à la religion.

Après de longues études d'Histoire qui l'avait mené au doctorat, Julien s'était retrouvé seul, sans amie. Toujours plongé dans les livres, doté d'un tempérament taciturne, il avait développé dès l'enfance un sens de l'humour qui surprenait. Après de longues minutes de silence il lançait quelque trait acide et drôle qui le faisait remarquer. Il vivait depuis longtemps à Port Royal dans un grand appartement prêté par son oncle paternel. Il y avait installé son bureau, un meuble Directoire tout garni de bronzes. A la lumière d'une lampe au pied de même alliage, il étudiait sans relâche. Toutes les autres sources d'éclairage éteintes, par souci d'économie, il se penchait sur les livres. Cette flaque de lumière dans la grande pièce sombre paraissait venir des livres eux-mêmes. Elle était comme une parabole de la source du savoir et de l'intelligence. Julien appréciait assez cette posture de savant solitaire. En matière de peinture, ses préférences allaient à des tableaux allégoriques comme le philosophe de Rembrandt et le géographe de Vermeer, deux personnages isolés qui symbolisaient une science. Comme les ermites de l'antiquité, Julien se nourrissait chichement, ne sortant que peu pour s'approvisionner en boites de conserves et en gâteaux secs. Cependant la solitude lui pesait et sur les conseils de son père il décida de passer une petite annonce pour trouver une compagne. Béa n'avait jamais pu en connaître la teneur exacte. Eliane fut seule à se présenter. Leur amour fusa instantanément. Julien abandonna ses bronzes et sa posture de savant illuminant le monde pour gagner de douces soirées aux côtés d'une femme de ressources, avisée et tendre. Après Clément vint Lucien. Béa était comblée.

Peu de temps après, Adam lui aussi devint père d'un petit Isidore, puis d'une fillette nommée Amélie. Ces paternités successives ravissaient les couples. Les deux hommes menaient parallèlement leur activité et une vie de famille exigeante. Epoux vertueux, bons pères, ils devenaient des modèles pour la famille élargie. Les sœurs de Béa la jalousaient, moquaient ces qualités domestiques. Béa s'en félicitait au contraire, ils étaient heureux. Le soir ils baignaient les enfants, soignaient les bobos et calmaient les angoisses des uns et des autres. Ils ne sévissaient que rarement, préféraient les longues négociations, apaisaient, rassuraient. Contrairement à Julien qui ne touchait pas une casserole, Adam savait concocter de ces gratins de légumes dont raffolaient les enfants. Sa table s'enrichissait d'ingrédients étranges, tofu, levure de bière dont il arrosait les plats largement. Julien emmenait les siens se baigner à la piscine.

Béa remerciait ses belles-filles de réussir cet équilibre toujours remis en cause entre une vie de famille accomplie et une vie professionnelle équilibrée. Eliane travaillait à la réception d'un grand hôtel parisien et Stéphanie menait l'existence nerveusement délicate d'une professeure d'école primaire. Avec des à-coups inévitables elles combinaient jour après jour leurs multiples activités. Cependant l'aînée rêvait de s'expatrier vers des pays lointains tandis que la plus jeune caressait l'espoir de voir son compagnon s'illustrer sur des scènes internationales. Ce n'était pas du tout le vœu de Béa qui vivait tout heureuse de voir grandir près d'elle ses petits-enfants.

Pour fléchir Béa, pour lui faire renoncer à ce qu'il appelle, non sans incompréhension, son « abstémie », Max veut revenir aux sources, se replonger dans l'histoire du vin, sans savoir précisément ce qu'il y cherche. Cette femme, il lui faut se l'attacher. Il sait que seule l'attirance physique les a réunis et que cela ne suffit pas. Il sent que leur relation doit être plus profonde, qu'elle peut l'être. Il veut faire partager à Béa ses centres d'intérêt. Le dessin en est un, bien sûr et leurs mercredis aux Beaux-Arts constituent une passerelle essentielle. Le dessin les « élève », pour utiliser le vocabulaire de Max. Il leur permet d'approcher un idéal, presque une métaphysique. Mais il est des goûts plus terre à terre et non moins divins. C'est d'une aut.re élévation qu'il s'agit, celle des sens. Et c'est dans les grands textes qu'il trouvera les arguments pour venir à bout de la méfiance de Béa; Il possède des livres, *L'encyclopédie des vins et alcools* d'Alexis Lichine, *Le livre du vin* de chez Hatier ainsi que d'autres. Le dernier en date est un petit livre de la collection Découvertes de Gallimard, *Le vin, une histoire de goût*, d'Anthony Rowley et Jean-Claude Ribault. Max étale sur son bureau tous ces ouvrages. Chacun d'eux évoque plus ou moins longuement l'origine ancienne de la vigne, les vins de

Byblos, ceux de Babylone. Les grecs anciens offraient des libations aux dieux. Pourtant les poteries enduites de poix dans lesquelles était conservé le vin, parfois coupé d'eau et additionné d'aromates, contenaient des breuvages bien éloignés de nos nectars. Les Romains, comme les Grecs, élevaient des vins rouges, blancs et ambrés. Mais ils les buvaient bitumés et à la saumure. En vieillissant ces vins étaient réduits à l'état de sirops. Les Romains répandirent la culture de la vigne dans les pays qu'ils colonisèrent. En France, la région de Marseille, de Bordeaux ainsi que la vallée du Rhône. Charlemagne encouragea cette exploitation. Le christianisme se répandait parallèlement, partout on construisait des monastères et leurs protecteurs, nobles et royaux, les dotaient de vignobles.

Au Moyen-Age tous les vins étaient consommés jeunes, certains très acides et corsés. Ce n'est qu'avec l'apparition de la bouteille, au cours du XVIIIème Siècle, que l'on parvint à le faire vieillir. C'est en 1761 que le premier Clairet fut versé dans une bouteille bien ronde, pour être conservé dans une cave du Château Lafite. Max connaît bien cette histoire ainsi que le désastre que représenta en Europe au siècle suivant l'arrivée du phylloxéra. La maladie ravagea en trente ans tous les vignobles. Il fallut en arriver jusqu'à importer d'Amérique des pieds de vigne résistants pour parvenir à reconstituer le vignoble français.

Mais ce ne sont pas là des informations susceptibles d'intéresser une abstème. Il faut chercher plus loin, plus profond. Ce n'est qu'en relisant le chapitre II du livre de la Collection Découverte que Max découvre ce qu'il cherchait. « Le vin est né dans les livres », affirment les auteurs. C'est donc dans les livres qu'il faut le chercher. D'abord *La Genèse*, lorsque « Noé, le cultivateur, commença à planter de la vigne » (9,20) fixant ainsi la reconnaissance de la terre après la catastrophe du Déluge. Les Grecs de *L'Iliade* lavaient dans le vin les os des défunts. Platon célèbre cette boisson dans *Le Banquet*. *L'Evangile* invite les convives de Cana à déguster un vin miraculeux, surpassant tous les précédents. Et même *Le Coran*, promettent les auteurs Rowley et Ribault, annonce des fleuves de vin à ceux qui parviennent au jardin d'Allah. Max note soigneusement toutes ces références. Il décide de chercher dans chacun des ouvrages la citation promise. Il veut étayer des arguments susceptibles d'ébranler la méfiance de sa partenaire.

Il commence par la Bibliothèque municipale, A venue de Flandres où il met la main sur un exemplaire du *Banquet* de Platon dans une traduction d'Emile Chambry. Quarante ans après ses brèves études de philosophie, il relit ces discours sur l'amour tenus lors du banquet donné pour le poète Agathon lorsqu'il remporta le prix du concours de tragédie, en 416 avant J.C. Mais bientôt il découvre que ce qu'il prenait pour une célébration du vin en est plutôt le contraire. Des bandes avinées font irruption dans la salle et le repas philosophique s'achève en une orgie tapageuse. Tous les convives s'endorment à l'exception de Socrate qui résiste invinciblement. Cependant le lendemain le banquet reprend. Cette fois les présents résistent à l'ivresse. Max parvient à l'arrivée d'Alcibiade. Celui-ci se dit ivre mais malgré cela il fait longuement l'éloge de Socrate. Ce dernier se montre touché : « On ne dirait pas que tu as bu, Alcibiade, car tu n'aurais jamais tourné aussi subtilement autour de ton sujet pour essayer de couvrir le but de ton discours ».

Est-ce cela l'apologie du vin que les bons auteurs attribuent à Socrate ? Comment ce texte pourrait-il être apprécié de Béa ? Quelque chose a-t-il échappé à Max ? Il retourne en arrière dans le livre antique, il est ému par la clarté et la beauté du texte et sa rémanence à travers les siècles mais il ne croit pas qu'il soit capable de fléchir une abstème.

Max se penche alors avec espoir dans la recherche de la Bible. Il découvre facilement le passage de la *Genèse* sur Noé mais il est déçu par l'absence de signification du message. Noé s'enivre, dit le texte, sans autre commentaire. Max décide à nouveau de ne pas en faire mention auprès de Béa et repart à l'assaut du Nouveau Testament. Là encore, depuis plus de cinquante ans il n'a pas eu l'occasion de se replonger dans ces récits des Evangiles. Il est ému. Toute son enfance lui revient en mémoire. Lui qui a cessé de croire en Dieu depuis longtemps est touché par les épisodes de la vie de Jésus mais ces récits n'ont plus pour lui le pouvoir d'autrefois. Ils ne sont plus que l'écho d'une légende, des contes de nourrice. Son anticléricalisme reprend vite le dessus :

- Pauvre mec, pauvre mec, se dit-il en recopiant le passage qu'il cherchait dans l'Evangile de Jean.

« Or, le troisième jour il y eut une noce à Cana de Galilée et la mère de Jésus était là. Jésus lui aussi fut invité à la noce ainsi que ses disciples. Comme le vin manquait, la mère de Jésus lui dit: «Ils n'ont plus de vin ». Mais Jésus lui répondit: « Que me veux-tu, femme ? Mon heure n'est pas encore venue». Sa mère dit aux serviteurs : « Quoiqu'il vous dise, faites-le ». Il y avait là six jarres de pierre destinées aux purifications des juifs. Elles contenaient chacune de deux à trois mesures. Jésus dit aux serviteurs : « Remplissez d'eau ces jarres ». Et ils les remplirent jusqu'au bord. Jésus leur dit : « Maintenant puisez et portez-en au maître du repas. » Ils lui en portèrent et il goûta « l'eau devenue vin. ».

Max pensa que ce passage était capable d'émouvoir Béa. Il lui restait à trouver la citation du *Coran*. Il n'y en avait pas d'exemplaire à la Bibliothèque de Flandres aussi se rendit-il à Beaubourg et trouva-t-il sans difficulté le livre dans une traduction de Régis Blachère. C'était la première fois de sa vie qu'il ouvrait cet ouvrage si souvent cité et si peu lu, si vénéré et tellement décrié. Il remercia silencieusement Béa de lui fournir cette occasion et emporta le livre sur une table libre, au milieu des chuchotements des étudiants et des clignotements des ordinateurs portables. Il l'ouvrit et découvrit les premières sourates. A nouveau il ressentit la poésie du texte, comme pour la Bible, et il en fut heureux. Comme il ne trouvait pas le passage indiqué par les deux auteurs, il se reporta à l'index thématique. Il y trouva plusieurs références, certaines comportant les termes « boissons fermentées » et une autre à « vin paradisiaque ». Les deux premières (II, 216 et IV, 46) comme il s'y attendait, préviennent solennellement les croyants de l'Islam contre les boissons fermentées dont l'absorption constitue un grave péché. La troisième (XLVII(47) 16) contient le passage cité par les auteurs : « Voici la représentation du jardin qui a été promis aux pieux: il s'y trouvera des ruisseaux d'une eau non croupissante, des ruisseaux d'un lait au goût inaltérable, des ruisseaux de vin » (hamr), volupté pour les buveurs. » Ainsi, dans le *Coran* se dit Max, le vin est réservé à ceux qui, grâce à leur sobriété pendant leur vie, sont parvenus au paradis d'Allah. Quel dommage !

Enchanté de ses trouvailles, Max vint bientôt les mettre aux pieds de Béa. Celle-ci s'émut du mal qu'il s'était donné pour chercher dans toutes ces sources des arguments destinés à la rassurer. Cependant, après avoir lu avec attention l'Evangile de Jean et les citations du Coran, elle hocha la tête, sceptique :

- Toutes les religions sont suspectes, dit-elle, spécialement la religion catholique. Par le sacrement de communion, celle-ci donne à boire aux fidèles le sang du Christ. Je ne peux pas m'empêcher d'y voir une résurgence des rituels anthropophagiques d'autrefois. En mangeant le corps de son Dieu, le croyant s'attribuait ses vertus, comme les cannibales.

Max se met à rire.

- Qu'est-ce que tu vas chercher?

- Ce n'est pas moi ! Freud dénonçait les repas sacramentels dans *Totem et Tabou* mais on préfère y voir un effet de son gâtisme à la fin de sa vie ...

En disant ces mots Béa arbore une telle expression d'indignation que Max rit à nouveau. Ce dialogue se tient plusieurs semaines après leur rencontre, sur la petite terrasse du Quai de la Seine. Dans les efforts de Max pour lui faire partager le goût du vin, Béa voit une promesse d'avenir. Déjà elle se sent touchée par sa force de conviction. Elle se demande si ce ne serait pas une bonne idée de goûter enfin au plaisir qu'elle lui voit prendre. Elle est sensible à l'attraction de nouvelles sensations. Et pourquoi ne pas mener de nouvelles expériences, à soixante années passées. Leur liaison est une perpétuelle découverte, et celle-ci est bien attirante. Elle sent qu'elle n'y résistera plus longtemps.

Assise sur cette terrasse qui domine le Bassin de la Villette et ses fermentations liquides, elle regarde les immeubles d'en face, ceux du Quai de la Loire. Comme ce serait bien d'y trouver un studio qui lui permettrait de se rapprocher de Max. Il n'y aurait que le plan d'eau à traverser pour qu'ils soient réunis. La passerelle est là toute proche. Elle sait que Max ne s'est jamais marié, qu'il est contre cette institution qu'il trouve même déshonorante. Elle n'a pas sa place dans son petit appartement de célibataire. Mais il est favorable à un rapprochement. Ils y pensent tous les deux. Et bientôt Béa se met à en parler à ses collègues immobiliers. Elle a ses entrées dans la profession, elle y bénéficie d'un statut particulier. Sa recherche n'est pas insurmontable.

Béa repose pensivement le téléphone sur son support. Son fils aîné Julien vient de l'appeler pour lui annoncer, enfin, la sortie en DVD, trente ans plus tard, du film de Topor, *La planète sauvage*, qu'il se souvient avoir vu avec elle quand il avait huit ans. Elle-même n'en a aucune mémoire. Elle sait qu'elle a vu le film autrefois mais ne se rappelle pas l'avoir emmené Souvent ainsi Julien évoque des moments de son enfance qu'elle a oubliés. Il est déçu, il ne le dit pas mais elle s'en rend compte et en est attristée. Elle se reproche d'avoir manqué son enfance. Trop jeune, trop passionnée de littérature, elle n'a pas vécu comme lui ces instants irremplaçables. Elle l'a laissé grandir tout seul. Il ne lui fait aucun reproche mais son désappointement est constant.

Elle voudrait compenser ce manque en l'associant plus étroitement à sa vie de femme. Elle aurait aimé faire de lui un ami, un confident, en faire le témoin de ses petits malheurs, de ses aventures. En deux mots, elle voudrait lui parler de Max, de sa relation avec lui. Mais c'est impossible, il n'est plus disponible, il est marié, père de deux garçons qui l'accaparent. Elle n'a de relations avec lui qu'à travers ses petits-fils. Il renâcle quand elle fait appel à ses services. Son air agacé lorsqu'il s'agit de changer une douille électrique au plafond. Son air distrait lorsqu'elle ose aborder le thème de sa vie sexuelle. Pourtant il reste attentif et il a encouragé sa rencontre avec Max. Il a déploré la longue traversée du désert de sa mère et applaudi l'arrivée du professeur de dessin dans sa vie. Il a été le premier à inviter le couple chez lui. Max a escaladé sans se plaindre les six étages de l'appartement sans ascenseur de Julien. Il a bu une bonne bouteille qu'Eliane a achetée pour lui. Il a embrassé les enfants, joué avec eux. Lui qui n'en a jamais eus, il a su les faire rire, les intéresser.

Contrairement à l'opinion générale qui veut que les enfants d'un divorce soient hostiles à une nouvelle rencontre de leur parent, Julien et Eliane se sont montrés très amicaux. Ils ont discuté cuisine et politique. Julien est satisfait de voir sa mère engager une nouvelle relation. Il les voudrait déjà mariés. Du moment que Béa a retrouvé le sourire...

Béa s'efforce aussi de créer des liens avec les amis de Max. Il l'a prévenue dès le début, il n'a pas d'enfants mais beaucoup d'amis, des amis très présents. Ils se téléphonent fréquemment, courent ensemble au Bois de Boulogne, s'invitent à dîner, chez les uns, chez les autres. Béa a participé à plusieurs de ces dîners. Elle a assisté, non sans affolement, à ces libations. La table de Redwood sur la terrasse accueille jusqu'à huit invités. Tous viennent là pour boire et manger, et s'amuser. Ils commencent toujours par le champagne, qui coule à flots. Une deuxième bouteille remplit les verres pour la troisième et la quatrième fois. Déjà le ton monte et les rires éclatent. Béa est stupéfaite. Dans son monde à elle on ne se sert jamais plus d'un ou deux verres de champagne. Lorsqu'on se met à table, le bruit devient assourdissant Un premier plat de poisson, accompagné d'un vin de Loire ou d'Alsace. Puis une ou deux bouteilles de vin rouge avec le plat de viande. Max est aux fourneaux et la cuisine est succulente. Souvent il ouvre un troisième vin pour le dessert. Affairée, Béa glisse entre les invités, change les assiettes. Elle ajoute le pain dans la corbeille en argent, n'oublie pas l'eau qu'elle est presque seule à boire. La conversation n'est souvent qu'une suite de plaisanteries accompagnées de grands rires. A onze heures, la fête est à son comble. Max, debout, mime des histoires où il n'a pas toujours le beau rôle. Il pratique l'autodérision avec succès. C'est un bon maître de maison, attentif à tout le monde, remplissant le verre des femmes. A onze heures, les rires franchissent le balcon, secouent tout le quartier. Béa est horrifiée, elle croit que les voisins vont s'émouvoir, appeler la police. Mais non, ils sont habitués à ces festivités, ils ne protestent pas.

On pardonne tout à Max qui est très aimé dans son immeuble. Il a pour chacun un mot aimable. Il rend service à la collectivité, change les ampoules, répare la poignée de la porte d'entrée. Il accepte les poussettes et les vélos.

Tous les amis de Max ont bien accueilli Béa. Ils sont

sans doute contents de voir que celui-ci a enfin une relation sérieuse, avec une femme de son âge. Ils savent aussi qu'il a tellement souffert du décès de Noémie, encore peut-être. Sa mort accidentelle a été une épreuve terrible, dans des circonstances épouvantables. Béa l'a su tout de suite, elle est morte en conduisant la voiture de Max alors qu'ils revenaient d'une tournée en Champagne. Un peu éméché par un déjeuner trop arrosé, celui-ci lui avait laissé le volant. Il dormait à l'arrière et ne s'est réveillé qu'en l'entendant crier. Un automobiliste s'est mis à déboîter sans prévenir et la voiture de Max a fait un tête à queue sur l'autoroute. Une autre voiture l'a heurtée de plein fouet. Max a subi des fractures de l'épaule et du bassin et Noémie a été tuée net. La culpabilité n'a jamais quitté Max. Il n'a plus jamais cédé le volant à personne et ne boit plus quand il doit revenir en voiture.

Les amis de Max ne posent guère de questions, ils acceptent Béa comme elle est. Son abstémie fait souvent l'objet de plaisanteries sans méchanceté. Peut-être au fond sont-ils contents que Max ait trouvé une compagne plus sage que lui. Les femmes cuisinent toutes très bien, les hommes aussi. Ils se réunissent autour d'un bon repas et cela suffit. Les couples s'accordent assez bien, ils s'égratignent souvent, se plaignent de leur conjoint avec des détails comiques, mais ils s'aiment, c'est visible, et cela suffit. Ce ne sont pas des intellos, plutôt des bons vivants mais ils sont professeurs de dessin, bibliothécaires ou travailleurs sociaux. L'une d'entre eux est notaire, ce n'est pas la moins joyeuse pourtant. Il faudra du temps avant que Béa ne crée avec eux de véritables relations, pour l'instant elle n'est que la femme de Max et cela suffit.

Au bout de quelques semaines Béa a senti fondre ses préventions contre le vin. Max et ses amis sont heureux, ils font la tête et ne semblent pas s'en porter plus mal. Aucun d'eux ne sombre dans l'alcoolisme ni même dans l'ébriété. Ils ne dépassent jamais le stade de la gaieté. Il reste souvent du vin au fond des bouteilles, on ne boit que de bons crus et Max ne boit jamais quand il est seul. Lui-même n'est jamais ivre, le seul signe qu'il a bu un peu plus que de raison est ce rire, un rire énorme et généreux, un rire que pourtant Béa redoute et envie en même temps. Son affolement initial devant les larges libations de ses amis s'est peu à peu changé en une tolérance amicale. Elle est parvenue à leur faire quitter la table après le café car les longues stations, assise sur une chaise dure, la mettent au supplice. Elle s'est intéressée à eux et ils commencent à s'intéresser à elle.

D'ailleurs à minuit, tout rentre dans l'ordre, les rires s'apaisent et la soirée se termine dans le calme. Après qu'ils ont tout rangé ensemble, Max et Béa s'allongent dans la chambre aux rideaux de mousseline bleue et font l'amour passionnément.

Un soir Béa sent le goût du vin dans sa bouche. Le goût d'un fruit mystérieux et ce parfum étrange de l'alcool que Béa n'avait encore jamais approché. C'est dans la bouche de Max qu'elle a senti pour la première fois cette saveur miraculeuse qui rend gai. Et le goût n'était pas désagréable. Au fond de la gorge de Max, elle a aspiré le bouquet des bonnes bouteilles qu'il a bues, et tout le plaisir qu'il y a pris. Il lui a communiqué la liqueur violette, l'ivresse inconnue, tandis que leurs bouches collées se refermaient sur cette saveur. Puis Max s'est endormi. Sa respiration était inégale, il faisait de petits bruits de bouche. Béa s'en est inquiétée mais tout s'est apaisé au bout d'une demi-heure et son souffle est redevenu normal.

La soirée du lendemain a été pour Béa une première initiation. Elle a voulu retrouver dans son verre le goût du délicieux baiser de la veille. Ce profond baiser qui lui a donné pour la première fois le goût du vin. Max lui a versé une larme du bon vin dont il restait quelques gouttes dans la bouteille. Elle a retrouvé, en plus violent, ce goût merveilleux qui l'avait troublée la veille. A ses côtés Max se tenait immobile. Ils ont choqué leurs verres. Enfin ils ont bu à leur santé réciproque et dans ce mot «santé» Béa a mis toute la ferveur dont elle était capable. Max sait que ce premier succès est fragile, qu'il en faudra d'autres. Déjà, il caresse une idée, envisage une célébration avec ses amis. Il veut organiser une dégustation, non plus à deux mais conviviale, avec les plus proches, les plus chers à son cœur. Ce sera pour bientôt, il suffit d'un appel pour qu'ils viennent tous à cette cérémonie. En quelques mots il les met au courant de la nouvelle attitude de Béa à l'égard du vin. Ils sont contents.

Le grand-père de Béa était dans son souvenir un homme sans âge, sans cheveux, bourru et nocturne On ne l'appelait ni «papy» ni « pépé» et encore moins «bon papa». Il n'était que Grand-père et faisait peur aux enfants, à cause d'un ventre proéminent et d'un teint rouge malsain dont on savait qu'il provenait d'une excessive consommation de vin. Lorsqu'il eût perdu sa femme, la délicieuse Mémée, il vint habiter chez sa fille mais restait absent toute la journée. Il ne rentrait que le soir, au moment où les enfants se couchaient. Il pénétrait alors dans la chambre de Béa, se penchait sur son lit et lui donnait un bonbon à la menthe ou à la fraise selon les jours.

- Bonsoir, grand-père, disait la petite fille en s'endormant.

Un soir, il oublia le bonbon.

- Bon-bonsoir, Grand-père, dit alors la petite fille. Celui-ci se mit à rire et le mot resta célèbre dans la famille.

Ravi, le Grand-père raconta l'histoire à ses amis en éternuant abondamment. Il éternuait toujours ainsi, dans son mouchoir, plusieurs fois de suite. Parfois Béa comptait quinze éternuements de suite. Comprimant son souffle, il faisait un bruit de trompette bouchée. Quand on s'enquérait de la raison de cette sternutation, il parlait de crises de coryza spasmodique. Ces mots savants étonnaient Béa, elle lui avait demandé de les écrire et cet « y » et ce « z » lui inspiraient beaucoup de respect.

Quand les enfants grandirent, Grand-père leur offrit un baby-foot qu'on installa dans la salle-à-manger. C'était un cadeau magnifique, tous ces joueurs de bois rutilant de couleurs qui déchaînaient l'enthousiasme. Le soir en rentrant il les trouvait tous autour du baby-foot, poussant des cris de joie. Mais bientôt il rentra de plus en plus tard, et de plus en plus ivre. La couperose avait entièrement envahi son visage qui virait à l'aubergine. Quand Béa le rencontrait en ville, il se trouvait en compagnie d'êtres mystérieux aussi fuyants et rouges que lui. Il fréquentait aussi une «dame» au visage fardé et aux cheveux orange qui correspondait assez bien à l'idée que Béa se faisait d'une femme de mauvaise vie, comme Belle Watling dans Autant en emporte le vent. La dame souriait silencieusement à Béa. Celle-ci ne posait pas de questions, elle imaginait les plus grandes turpitudes. Grand-père faisait rapidement disparaître la dame sans la présenter aux enfants.

Puis ce furent les retours le soir dans la chambre voisine de celle de Béa. Les jurons et les chocs sourds d'un meuble à l'autre, jusqu'à une heure avancée. Il n'y avait plus de Bon-bonsoir, Grand-père, et Béa faisait solennellement le vœu de ne jamais boire le premier verre de vin. Elle l'avait respecté pendant soixante années.

Quant à ses propres petits enfants, elle était satisfaite

de ses rapports avec eux, particulièrement de la relation privilégiée qu'elle entretenait avec le premier né, le garçon nommé Clément, le fils aîné de Julien. Elle avait été si heureuse lors de sa naissance qu'elle avait offert sa plus belle bague à Eliane. Sa belle-fille travaillait alors dans un hôtel et n'avait pas de week-end. Julien piochait son doctorat d'histoire et Béa, tous les dimanches après-midi, venait chercher Clément après sa sieste pour l'emmener au Jardin des Batignolles. En rentrant elle le faisait goûter tandis que son fils aîné, toujours plongé dans les livres, travaillait dans sa chambre. Ensuite, pour amuser Clément elle inventait des jeux, des chansons, se changeait en clown. C'était un charivari, des rires, et elle se demandait toujours comment Julien pouvait travailler derrière sa porte close. Mais lui, imperturbable, étudiait l'Histoire des Etats-Unis.

Plus tard Béa emmenait Clément au cinéma pour voir ses premiers dessins animés. Ils virent tout le répertoire, les Disney bien sûr mais aussi les Miyazaki japonais, *Le château ambulant*, Nausicaa, puis les Français, *Le roi et l'oiseau*, *Kirikou*. Béa achetait les cassettes, donnait à revoir. Elle apprenait à Clément à reconnaître les styles, les larges yeux écarquillés et les bouches ouvertes de Miyazaki, les musiques des Disney, celle du Roi et l'oiseau. Bientôt elle acheta les DVD. Clément devenait un cinéphile averti, il apprenait à choisir, à devenir exigeant. Il regardait les affiches dans la rue, se moquait parfois des critiques de Télérama que Béa lui lisait. Puis ce furent des films à personnages, les *Harry Potter*, les *Power Rangers*, *Le Renard et l'enfant*, *La croisée des Mondes*. Un jour Béa osa aborder l'univers de Hitchcock. Elle avait rangé sur une longue étagère au-dessus du salon sa collection de cassettes enregistrées. Il y avait plus de deux cents titres. Lorsqu'elle avait grimpé sur un escabeau sous les yeux de Clément pour atteindre *L'homme qui en savait trop*, le petit garçon avait aperçu l'ensemble de la collection.

- Je pourrai voir tout ça ? S'était-il écrié, émerveillé.
- Pas maintenant, répondait Béa, mais quand tu seras un peu plus grand.

Et les yeux de Clément avaient brillé, comme ceux de Béa à l'idée de ces dizaines d'heures passées à visionner les merveilles du cinéma, allongés ensemble sur le grand divan du studio, dans la pièce obscure. Tous ces dimanches à venir, pendant des années.

Le couvert est mis sur la terrasse. Les amis fidèles, Rodolphe et Mona, Zacharie et Emilie, Noël et Florence sont arrivés presque ensemble. Max a prévenu tout le monde, il s'agit aujourd'hui d'un dîner de dégustation, on ne parlera que de vin. Il n'y a pas d'apéritif, on se met à table directement. Béa est prête, toutes les femmes se sont parées et les hommes portent une veste sur leur chemise ouverte. Béa prend place en face de Max, pour la première fois. Elle a longtemps siégé à sa droite, comme une invitée. Aujourd'hui, elle préside la table, en maîtresse de maison. Elle est sensible à cet honneur, mais un peu intimidée. Tous ces ménages qu'elle vient de connaître ont été les amis du couple que Max formait avec Noémie. Ils ont participé à d'autres dégustations comme celle-ci. Elle est la nouvelle venue et doit gagner, elle le sait, sa légitimité.

Il monte du Bassin de la Villette une faible odeur de vase, un parfum portuaire qui rappelle à Béa son enfance havraise. Aussitôt assise, elle se relève pour aider Max à servir l'entrée, des pâtes au noir de sépia, cuites à l'encre de seiche, avec des moules et des crevettes dans une crème de mascarpone. C'est une recette que Max vient de mettre au point. Avec elle, il sert le vin, un Entre-deux-Mers Château

Vignol 2005. Il lève son verre et sourit :

- Il souffle dans ce Sauvignon, dit-il avec un peu d'emphase, le vent de l'Atlantique. On y respire l'air salin, vous ne trouvez pas ?

Rodolphe hume son verre et dit avec son fort accent du Roussillon qui tonne déjà :

- Arômes de tilleul, de menthe, de cédrat et de muscat. Il est tellement bon qu'on se satisfait de le sentir.

Il le boit cependant avec satisfaction. Tous les regards se portent sur Béa. Chacun sait qu'il s'agit pour elle d'une initiation. Béa trempe ses lèvres.

- Je comprends pourquoi, dit-elle, les Grecs ajoutaient de l'eau de mer à la boisson. Ce vin-là a le goût des embruns, il est salé comme l'océan. C'est bon, ajoute-t-elle en regardant tout le monde avec un sourire.

Chacun est soulagé. Le repas peut continuer. Les rires fusent.

- Elle est des nôtres, elle a bu son verre comme les autres, fait mine de chanter Noël...

Les côtes de bœuf à l'huile d'ail sont servies avec un Cahors cépage Malbec, Château La Capelle Cabanac 2001.

- Voilà un vin qui a passé vingt mois dans le chêne, déclare Max. Je pourrais le garder vingt ans. Ça m'en ferait quatre-vingt-quatre, ajoute-t-il avec une grimace.

- Et deux bouteilles pour le cercueil, lance Florence, une bibliothécaire au sourire rare et précieux. Son visage fin se cache sous une épaisse frange de cheveux bruns.

- Mais justement, c'est un vin qui donne des raisons de vivre, il faut l'attendre, répond Zacharie, un collègue de Max aux Beaux-Arts.

Rodolphe goûte à son tour et lève la main droite, dans le bruit des conversations particulières.

- Il a du corps et de l'ampleur, décide-t-il. Il est boisé, ce sera peut-être un grand vin.

- Tout le monde parle du chêne... reprend Max

- Surtout les Américains, qui n'aiment pas le vin mais qui adorent le chêne, coupe Zacharie qui revient des Etats-Unis où il vient d'exposer une série de dessins.

- Au point même d'ajouter au vin des copeaux de chêne, répond Max.

- Oui, je l'ai vu faire chez Mondavi, continue Zacharie.

- En France, indique Mona, qui a un passé de prof d'histoire, les trois grandes régions du chêne sont l'Allier, le Limousin et...

Mais le reste se perd dans le bruit des conversations. Le repas est entré dans sa phase bruyante et tout le monde parle en même temps. Seule la voix de Rodolphe, énorme, domine le vacarme.

- Je voudrais vous parler du Grenache de Collioure, commence-t-il.

- C'est ton pays, coupe Florence.

- C'est un vignoble qui ne voit pas le tracteur, continue Rodolphe.

Le tracteur écrase la terre. Il la tasse aux racines. Dans les grands domaines du midi, on revient aux chevaux, des chevaux qui ne sont pas très lourds. Les racines peuvent garder du ressort...

Le plateau de fromages suscite l'admiration de tout le monde. Max l'a particulièrement soigné, il sait qu'il signe le repas. Pâtes cuites, pâtes molles, bleus persillés.

- Moi, je préfère revenir au vin blanc, déclare Emilie

Elle se sert elle-même d'une bouteille de Gewurztraminer que Max vient d'ouvrir pour elle.

- Du vin blanc avec le fromage? objecte Noël

- Oui, répond Max, certains vins blancs, comme celui-ci... C'est une tendance...

Béa goûte le vin et rosit de plaisir. Son arôme de gingembre la séduit entièrement. Le dessert s'accompagne d'un Jurançon moelleux. Ce sont des pêches blanches à la menthe que Béa a pochées chez elle dans la matinée et mises au frais dans l'énorme frigo de Max.

- Merci Béa, pour le dessert! s'écrie celui-ci.

La conversation prend alors un tour philosophique.

- Le vin comme moyen d'accéder à l'oubli, rêve Max à voix haute. C'est une pause dans la cadence et les contraintes de la vie...

- Les animaux font comme nous, observe Florence en secouant sa frange brune. Les éléphants s'enivrent de fruits pourris...

- Et les chats se shootent à la valériane, poursuit Emilie avec satisfaction.

- Tous les hommes ont cherché des produits qui leur permettent de sortir de leur réalité, la coca, les champignons hallucinogènes, reprend Noël.

- Mais vous n'allez pas nous faire une apologie de la drogue s'indigne Béa.

- Mais non, intervient Max. Dans le vin l'homme cherche à développer une autre sensibilité fondée sur la sophistication, la complexité. Comme dans l'amour... Rappelez-vous la Guerre du feu, le film de Jean-Jacques Annaud. Les primitifs faisaient l'amour par derrière pour pouvoir garder un œil sur les alentours. Tout d'un coup l'une d'elles fait face à son partenaire. Pour le vin, c'est la même chose. L'homme cherche sans cesse à améliorer la boisson. Il se casse la tête pour sélectionner les raisins, surveiller le pressurage, clarifier le jus. La vinification est un art complexe. Tout cela est fondé sur le plaisir, c'est le plaisir qui nous distingue des bêtes. Une vie qui n'est pas vouée à la culture du plaisir est une vie de bêtes...

- La vie des moines à la Trappe n'est pas une vie de bêtes, proteste encore Béa, mais sa voix se perd dans le brouhaha.

Max sert le café, tandis qu'elle savoure, toute seule, une tisane au gingembre dans une tasse en porcelaine du XIXème siècle, cadeau de la mère de Noémie.

Lorsque enfin, les invités partis, Max et Béa s'allongent dans la petite chambre bleue, les retrouvailles son passionnées. Sur la demande de Béa, Max s'est procuré un sex toy impressionnant. C'est un double pénis, anal et vaginal, qu'il a acheté à Pigalle. Les sensations sont brutales et délicieuses.

Quand Béa chevauche Max et que le visage de celui-ci se trouve au-dessous du sien, ses traits soudain se détendent et rajeunissent. Il sourit, les coins de sa bouche s'abaissent dans une grimace moqueuse et il revêt alors une expression juvénile. Il ressemble aux photos que Béa a vues de lui lorsqu'il avait vingt ans.

Ce soir pourtant les libations ont été trop fortes et Max s'endort rapidement. Son sommeil est heurté. Il fait toutes sortes de bruits, comme quelqu'un qui se noie. Sa respiration se bloque, puis c'est un long silence oppressé, ses côtes se soulèvent à la recherche de l'air, enfin une énorme inspiration suivie de plusieurs autres, pressées. Et cela recommence. Béa écoute, angoissée. Max a toujours un endormissement bruyant mais ce soir c'est un festival. Et brusquement il vient à Béa l'idée que cette respiration n'est pas normale, qu'elle est dangereuse. Les secondes

s'écoulent après chaque blocage de l'air. Béa compte une, deux, trois, jusqu'à seize ou même vingt secondes. Elle est terrifiée. Max fait des apnées obstructives avec des pauses périlleuses. Béa sait que dix secondes constituent un seuil au-delà duquel il existe un risque de mort subite. Elle a guetté assez longtemps la respiration d'Adam, autrefois, pour être prévenue du danger. Max risque sa vie, il faudrait le réveiller. Elle n'ose pas le secouer mais décide de veiller jusqu'à ce que son souffle redevienne normal. Au bout d'un quart d'heure, Max se calme, les pauses raccourcissent, le rythme est plus habituel. Béa se rassure. L'alerte a été chaude et elle se promet d'en parler à Max dès le lendemain au petit déjeuner. Elle aborde le sujet aussitôt qu'ils se trouvent installés devant un café. Max ouvre de grands yeux.
- Noémie me disait toujours que je ronflais quand j'avais trop bu, dit-il., penaud.
- Ce que je veux dire est sérieux, insiste Béa. J'ai compté des pauses respiratoires jusqu'à vingt secondes. Il faut en parler à un médecin.
Max la regarde en secouant la tête.
- Mais moi, tu sais, je n'ai pas peur ... répond-il lentement, en la regardant d'un air malheureux.
Elle comprend ce qu'il veut dire. Depuis la mort de Noémie, il lui est égal de vivre ou de mourir. Son regard est résigné et son demi sourire, fataliste.
- Et puis ce n'est pas à mon âge que je vais changer mes habitudes.

Mais Béa ne se tient pas pour battue. Elle y reviendra. Elle en prend la résolution. Elle a maintenant un vrai problème. Ce nouveau combat qu'il lui faut mener, c'est celui de sa grand-mère, de sa mère, de toutes les femmes qui l'ont précédée. Des épouses qui se le transmettent de génération en génération. Elle ne fait pas exception.

Elle soupire en prenant le métro pour regagner son petit appartement. Elle fait des plans. Max va l'aider à acheter un studio plus proche de chez lui. Le soir ils visitent des logements. Ses relations dans l'immobilier permettent à Béa de trouver très vite une merveille sur le Quai de la Loire, en face de celui de Max, comme elle le souhaitait. C'est un studio avec balcon, la cuisine est américaine, le dallage italien, la fenêtre ouvre sur les péniches amarrées le long de la promenade. En tordant le cou, Béa peut apercevoir la loggia de Max. Elle pourra mettre sur sa rambarde un foulard blanc lorsqu'il aura envie de la bousculer un peu. Béa est enchantée. Ensemble ils vont chez le notaire pour signer le compromis. Il ne reste plus qu'à remplir les papiers pour obtenir un prêt relais puis trouver un acquéreur pour son deux pièces dans le dixième. Max est un partenaire généreux. Il accorde à Béa un prêt sans intérêt pour compléter son acquisition et il verse lui-même les dix pour cent d'acompte. Sans lui l'opération était impossible. C'est un compagnon loyal et sûr. Ils ont tous deux éloigné l'hypothèse d'une vie commune. Béa n'est pas ennemie d'une forme de vie indépendante. Ils partageront les bons moments. Elle veut bien partager aussi les mauvais.

A propos de ses pauses respiratoires, elle a appelé son généraliste qui lui a fourni le nom d'un pneumologue.

- Je voudrais savoir s'il y a un risque de mort subite, a-t-elle dit au téléphone. J'en ai entendu parler...

- Si vous en avez entendu parler, c'est qu'il y a un risque, a répondu le médecin durement.

- Quels sont les examens à faire ?

- Il faudrait procéder à une polygraphie nocturne. Il s'agit de placer un appareil qui enregistre le rythme respiratoire pendant le sommeil.

- Cela doit se faire à l'hôpital?

- Non, non, on peut le faire à domicile. On vous prête l'appareil. Voulez-vous un rendez-vous?

- Pas encore. Je dois d'abord en parler à mon ami ...

Et le soir même Béa revient à la charge auprès de Max. Celui-ci plaisante et ne prend pas sa demande au sérieux. Il ne veut pas se faire « polygraphier », dit-il. Comment empêcher Max de disposer de sa propre vie ? Impossible de lui dicter des précautions qu'il refuse. Dans quelques mois il sera à la retraite. Il a décidé de consacrer son temps libre à approfondir ses connaissances en matière œnologique. Il prévoit des stages, des déplacements. Il se réjouit de ces bons moments. Comment et pourquoi l'en priver? Béa repousse avec horreur le rôle de l'épouse garde-chiourme, celle qui déclarait à l'entrée d'un salon, déclenchant ainsi les rires sous cape :

- Mon mari n'a pas soif.

Les semaines passent et Max et Béa - Les « Maxébéa » comme ils se plaisent à libeller leurs deux noms auprès de leurs amis - préparent une fête pour pendre la crémaillère dans le studio du Quai de la Loire. La réunion est programmée non-stop de quatorze heures à vingt-quatre heures.

A l'heure dite quelques voisins viennent prendre le café. Béa a glissé dans les boites à lettres une invitation en ce sens. Puis vient le tour du goûter des petits-enfants. Elle a préparé une charlotte au chocolat et Max a orné de crème pâtissière des tartelettes aux fraises. Julien et Adam se présentent, accompagnés de leur famille. Tous deux sont contents de se retrouver. Julien est maintenant rapporteur à la Commission de recours de l'OFPRA, l'Office Français de Protection des Réfugiés et Apatrides. Il dessine en séance pour les Juges le contexte historique et géographique des pays d'où viennent les demandeurs d'asile. Il dresse leur portrait et émet un avis favorable ou non. Leur sort dépend en partie de lui et parfois ses nuits sont difficiles quand un cas se présente, auquel il est particulièrement attaché. Eliane a été promue Chef de Brigade dans l'hôtel où elle travaille. Elle fait toujours soir-matin mais elle profite maintenant de ses dimanches.

Adam a créé des ateliers-théâtre dans plusieurs écoles et lycées de sa banlieue. Il anime aussi un cours pour adultes le samedi soir. Il joue lui-même dans des spectacles classiques, en périphérie de Paris. Sa belle voix envoûte toute la salle dans les textes de Shakespeare. Il écrit toujours, fait parfois représenter des «petites formes» par ses élèves. Lui et Stéphanie ne sont pas mariés mais ils y pensent. Celle-ci anime un cours pour des handicapés mentaux. Elle est contente quand elle parvient à les faire sortir un peu d'eux-mêmes, à leur faire écrire quelques mots.

Les quatre petits-enfants sont ravis aussi de se réunir avec leurs cousins. Ils ne mangent rien, comme d'habitude, trop excités par la présence de ces copains épisodiques. Ce sont les parents qui avalent les gâteaux. L'Oncle Alain, qui est conteur, est venu raconter des histoires, les siennes et celles qu'il a apprises des autres conteurs. C'est un vieil homme aux longs cheveux blancs qui a toujours fait plus vieux que son âge. Il racontait déjà quand il travaillait au Laboratoire Coopératif, puis il a pris une retraite anticipée pour se consacrer à son art. Il a toujours les bras nus, des bras décharnés qu'il élève et anime au rythme de ses récits. C'est une merveille de voir les enfants rire et s'amuser en écoutant *La grosse pomme*, une histoire que Béa connaît depuis trente ans, et qu'elle aime toujours autant. Les enfants des banlieues du 95 et des bibliothèques parisiennes se la transmettent de génération en génération et Alain est souvent reconnu dans le métro ou dans les parcs qu'il fréquente. Clément réclame aussi *Chrysopompe de Pompinas* une histoire de diables qui fait un peu peur. Et enfin *Belle entre lait et sang* qui plaît surtout à Béa.

A dix-huit heures Max fait sauter les bouchons d'un Crémant de Loire sec et pétillant. Arrivent les couples d'amis, les fidèles et les plus rares. Béa est touchée de les voir se serrer autour de la table en marbre, dans son petit studio. Les femmes apportent des plantes, un pied de gloriosa, un hortensia blanc, des bouquets. Le balcon est plein de fleurs, comme pour un mariage. Max a préparé tout un assortiment de brochettes et d'amuse-gueules. Il y a des dizaines de suprêmes de volaille à l'estragon, du saumon fumé au raifort, que Max appelle « wasaby ». Béa a fait cuire une tarte au fromage dans le four de Max, le sien n'est pas encore livré. Ils ont trouvé chez Bovida des coupes à champagne en forme de lys et des assiettes dorées. La fête a duré jusqu'à une heure avancée, les rires ont éclaté. Les voisins, prévenus, n'ont pas protesté. Les Maxébéa ont tout rangé avant de s'écrouler sur le lit.

Epuisée, Béa s'est endormie, pour une fois, la première. Max s'est couché quelques instants plus tard et sa respiration heurtée s'est élevée. Au bout d'un quart d'heure, Béa se redresse, ouvre les yeux. La nuit est noire, le calme est inhabituel, il inquiète aussitôt Béa. Elle pose la main sur l'épaule de son compagnon et brusquement le tire en arrière. Il s'affaisse à ses côtés. Affolée, elle allume la lampe, se retourne vers lui. Il a les yeux fermés. Il est très pâle et sa poitrine sans air ne se soulève pas. Elle l'appelle, le secoue, il ne réagit pas. D'un bond elle se lève, contourne le lit, tire Max sur le dos et commence un bouche à bouche désespéré. Elle se souvient du bouche à bouche qu'elle avait pratiqué autrefois sur son enfant, la petite Julie, lorsqu'elle l'avait trouvée inanimée dans son berceau. Elle n'avait alors pas réussi à la réveiller. Les petites lèvres du bébé glissaient sous les siennes, elle soufflait trop fort. Au bout d'un instant, le goût du lait sûri lui était venu sur la langue. Elle avait renoncé. Dors mon amour, dors, je n'ai pas le droit, avait-elle pensé. Un sentiment de désespoir envahit à nouveau Béa mais cette fois, elle s'acharne. Dieu ne va pas lui faire ça, ce n'est pas possible. Il n'est pas froid, elle peut le toucher, le ramener à la vie. Et cette fois, heureusement, c'est différent.

Les lèvres de Max renaissent sous les siennes. Il est là, il aspire l'air, cet air qu'elle lui insuffle. Elle sent sa poitrine se creuser puis s'élever dans une grande inspiration. Elle éloigne un peu sa bouche, prête à recommencer. Mais elle constate avec soulagement que Max a retrouvé le souffle. Sa respiration est presque normale. Il prend un peu de couleurs et n'a plus l'air d'un mort. Cependant il gît toujours au milieu du lit, à moitié inconscient. Béa se lève et se saisit du téléphone.

Samu de Paris, je vous écoute, répond une voix rude. Il est près de deux heures du matin mais le seul fait d'entendre une voix rassure Béa.

- Mon ami est évanoui, dit-elle. Il ne respirait pas. Je lui ai fait du bouche à bouche.
- Depuis combien de temps est-il inconscient?
- Un quart d'heure peut-être. Je dormais...
- Dans quelles circonstances cela s'est-il passé?
- Nous avons eu une fête hier soir. On a pas mal bu. Je me suis endormie. Je ne sais pas ...
- Et lui, Qu'avait-il bu ? Est-ce un coma éthylique?

Béa est à nouveau terrifiée. Ce médecin du Samu évoque pour elle des souvenirs anciens, du temps où elle était petite fille. Ces souvenirs resurgissent au seul mot de coma éthylique. C'était un soir dans l'appartement de ses parents. Le grand-père est rentré très tard, encore plus tard que d'habitude. Il y a eu les bruits habituels de jurons et les chocs contre les meubles. Puis Béa s'était endormie. Au milieu de la nuit, elle a été réveillée par un remue-ménage dans la chambre voisine. Le grand-père était par terre, encore tout habillé. Il gisait au milieu des immondices. La maman de Béa a chassé les enfants. L'odeur était épouvantable. Une odeur de vomi et d'excréments mélangés. Personne n'a réussi à réveiller le grand-père. Il est mort dans l'ordure et la pestilence. Béa n'a jamais oublié cette odeur. Bien sûr, elle n'a pas pu se rendormir. Il y a eu du bruit pendant longtemps encore. Au petit matin, enfin, l'odeur de l'eau de Javel est venue réveiller les enfants Depuis lors, Béa a toujours de l'affection pour l'odeur de Javel.

Cette nuit, toute à ses réminiscences, elle est paralysée de peur au téléphone. Elle entend seulement qu'une équipe va venir. Elle donne des explications, des codes Elle raccroche le combiné, retourne à Max qui n'a pas bougé. Les yeux à demi ouverts, il la regarde sans la voir. Dans les films, on donne toujours un peu d'alcool aux hommes évanouis. Elle ne veut pas. Elle essaie de lui enfiler une veste de pyjama, il est à moitié nu. Elle n'y parvient pas et y renonce. Elle s'habille à son tour et va ouvrir la porte d'entrée. Elle allume toutes les lumières, se penche à la fenêtre. La rondeur des péniches amarrées le long du bassin la rassure un peu. Les lumières sont douces, tout est calme et silencieux.

Quelques minutes plus tard, tout se passe très vite, comme à la télévision, deux hommes en blanc et deux vêtus de pulls marine. Le masque à oxygène et le médecin qui décide qu'il faut l'emmener. Béa supplie du regard.

- Vous pouvez l'accompagner, dit le médecin, à condition ...
- Oui, je serai sage.

La civière, le corps de Max recouvert d'un plastique isotherme tout doré. Tout ira bien maintenant, essaie de penser Béa. Elle suit les hommes qui descendent. Elle pénètre dans un camion spacieux, où on peut se tenir debout. Au fond, un lit à roulettes sur lequel est posée la civière. Un bureau à gauche avec des machines et un téléphone. Un des médecins s'y installe, il compose des numéros, dit quelques mots, raccroche. Recommence. Béa est debout contre Max, elle lui tient la main. Le transport l'a réveillé. Il s'inquiète.

- Où sommes-nous?
- On va à l'hôpital. Au moins, tu parles, dit Béa, soulagée.

La camionnette s'est mise à rouler, lentement. Elle ne sait pas encore où se diriger. Les services d'urgence des hôpitaux voisins sont encombrés. Ils n'accueillent plus personne. Le médecin appelle encore.

Le regard de Max est anxieux. Il serre la main de Béa

- Ne m'abandonne pas, dit-il avec un sourire grinçant.

Au bout d'un long moment enfin, le médecin s'approche du couple.

- Nous vous emmenons à l'Hôpital Montsouris, dit-il à Max. Puis il sourit à Béa. Vous verrez, c'est un bel hôpital.

La voiture accélère. Cette fois elle connaît sa

destination. Quelques minutes plus tard elle franchit la voûte du Centre Hospitalier Universitaire de Montsouris. Encore un quart d'heure d'attente et Max est admis dans le service de réanimation. Béa ne peut pas l'y suivre. Elle n'a plus qu'à rentrer chez elle.

Pendant trois jours, elle voit Max revenir à la vie. Elle partage son temps entre FortissImmo et l'hôpital. La partie publique de celui-ci est remarquable, un beau morceau d'architecture. Dans le vaste hall d'entrée, une rampe d'escalier ondule héroïquement jusqu'au premier étage. La terrasse de la cafétéria surplombe le vide. Seules des blouses blanches arpentent les coursives colorées. Le contraste est grand entre ces espaces trop calmes et la fièvre qui règne dans les halls encombrés des autres hôpitaux.

Max, presque nu au milieu des machines ressemble à une crevette des profondeurs. Malgré cela il reçoit les visiteurs avec de grands rires. Il veut prouver qu'il n'est pas atteint et il parle, il parle ... L'examen polygraphique du sommeil est rassurant. Les pauses respiratoires ne dépassent pas dix secondes. Les radios sont bonnes.

- Mais l'alcool amplifie toutes les difficultés respiratoires, prévient le pneumologue de l'hôpital.

Au bout de trois longues journées, Max, soulagé, peut rentrer chez lui.

- C'est dans la camionnette du Samu que j'ai compris combien je tenais à la vie, dira-t-il à Béa une fois réinstallé à domicile.

Le soir, pour s'endormir à son côté, Béa se chantera un Magnificat.

Le voyage à Saint-Amour s'est imposé comme une visite indispensable, un passage obligé. Max est heureux de montrer à Béa ce village du Beaujolais où il retourne chaque année. Pour Béa l'initiation continue, c'est l'accompagnement nécessaire de leur vie de couple, un parcours agréable, le début d'un rite. Elle a gardé de son enfance catholique le goût des pèlerinages et un penchant immodéré pour les actions de grâces.

Depuis plusieurs semaines en effet la consommation de vin de Max s'est réduite de moitié. Ses amis s'en rendent compte. Ils s'en sont émus. Béa a dû subir leurs interrogations faussement inquiètes :
- Que se passe-t-il ? Pourquoi il ne boit plus? Il est malade?

Cependant Max apprécie encore une bonne bouteille le soir et reçoit toujours ses amis à dîner. On parle du vin, mais avec retenue. Le rire de Max éclate sans cesse et la voix de Rodolphe, énorme, continue de régner sur ces festivités. Mais la place est plus grande pour les conversations. Béa parvient parfois à placer ses commentaires sur les films qu'elle voit et les autres femmes parlent des expos qu'elles ont visitées. Il Y a des échanges de livres. Et Max n'a pas cessé de raconter des histoires. Il se met toujours en scène avec drôlerie.

Un samedi matin de juin ils embarquent dans la Peugeot de Max. Le soleil est encore jeune et au bout de quatre heures de route ils atteignent les monts du Beaujolais, un paysage de vignobles qui escaladent les collines, jusqu'au sommet. La moindre parcelle est plantée, laissant seulement place à des touffes de châtaigniers, fleuris de grands dards jaunes. Des rosiers s'épanouissent au pied des rangées de vignes, comme autant d'éclaireurs de l'arrivée du mildiou ou de l'oïdium.

A trois kilomètres du village, à flanc de coteau, s'étend le domaine du Moulin Berger sur dix hectares, plus les six hectares du fils. Pascale Laplace, une ronde vigneronne aux yeux bleus, au large sourire, accueille les parisiens. Deux verres en batterie dans la main droite, elle les entraîne vers les chais pour leur faire goûter son vin. Ils s'installent à la grande table couverte d'une toile cirée imprimée de grappes de raisins. Par la fenêtre on aperçoit Michel Laplace dans les rangées et le fils sur le tracteur. Le Saint-Amour des Laplace a reçu la médaille d'or du concours du Salon des Vignerons Indépendants en 2007. Il figure aussi dans le Guide Hachette.

Pascale Laplace fait d'abord goûter le 2006. Max le trouve jeune, c'est un vin encore acide. Le 2005 est plus accompli. Max le fait tourner dans son verre. Le vin est brillant, rond et équilibré en bouche, avec un superbe fruit. Béa en boit une gorgée, elle le trouve bon, parfumé, elle n'a pas encore appris le langage dont il faut l'accompagner. La vigneronne secoue en riant ses petites mèches de toutes les couleurs. Elle est fière de son vin, à juste titre. Quand on lui parle d'un «vin de soif», c'est pour elle un compliment. Son Saint-Amour est un vin sans complexe, gouleyant, qui se laisse boire pour le plaisir de mettre les mets en valeur et d'élever l'esprit, qui dilate le cœur. Un velours. Max crache dans le réceptacle disposé à cet effet. Il goûte aussi le Juliénas et crache à nouveau. Béa le regarde faire, un peu dégoûtée mais rassurée pourtant.

On entend les tracteurs par la fenêtre ouverte. Les vignerons se sont levés à quatre heures et demie ce matin pour tâter le vent. Quand le vent souffle, impossible de traiter. Il a gelé au printemps, rappelle Madame Laplace. Peu importe, la vendange se fera quand même quatre-vingt-dix jours après la pleine fleur Pourtant cela va mal dans le Beaujolais. On ne sait plus quoi faire du vin, certains ont encore leurs cuves pleines. A la distillerie, on ne le prend plus. Les Laplace ne se plaignent pas, ils ont trouvé des clients en Amérique pour leur Juliénas 2006. Le sourire revient.

- Maintenant, ça « vau» dit Pascale Laplace avec son accent du terroir.

Max place les bagages à l'arrière pour gagner de l'espace. Il engrange dans le coffre de la voiture douze bouteilles de Saint-Amour ainsi que douze bouteilles de Juliénas. Ils montent doucement vers la place du village, ombragée de platanes. Les maisons de pierre dorée sont recouvertes de vignes, les toits de tuiles romaines. C'est presque la Provence, en plus doux, plus humain. Une poterie a planté ses pots de terre brune sur le trottoir, tout près de la terrasse fleurie du restaurant Jean-Pierre. En face, «Les Vignes du Paradis », une cave aménagée dans d'anciennes écuries. Au milieu de la place, un poids public devait autrefois peser les vendanges. Maxébéa laissent la voiture à l'ombre et grimpent à pied vers l'église dont on voit le clocher derrière les arbres.

C'est un coin de France que l'on espère éternelle, une image de carte postale comme il en existe encore, que les guides ignorent, que les touristes boudent. L'heure est calme et douce, avant le crépuscule. A mi-chemin, une table d'orientation sur les Monts du Beaujolais. Chaque nom évoque pour Max des souvenirs vivaces: Moulin à Vent, Côte de Brouilly, les villages de Chénas, Morgon, Fleurie, le clocher de Juliénas, Chiroubles. Pour chaque nom, une saveur, des arômes particuliers. Un peu plus haut sur le chemin, une Vierge toute blanche les attend du haut d'un rocher orné de fleurs décolorées. En approchant ils apprennent que la statue est un souvenir de Mission 1878. Béa déchiffre sur la plaque gravée les mots latins: « Posteurunt custodiem in vineis ». Ainsi la Vierge monte la garde dans les vignes. Ils continuent à monter et débouchent sur la place de l'église où les anciens jouent à la pétanque. Déception: l'église de Saint-Amour est fermée. Ils redescendent doucement en admirant la vue. Le patchwork des verts prend des reflets dorés, c'est la fin de l'après-midi. Le soleil s'incline. Ils reprennent la voiture et gagnent l'Hôtel des Vignes, planté au milieu du paysage. La chambre est sombre, rideaux fermés. Ils s'allongent, fatigués. Au bout d'un moment, cependant, les mains s'étreignent. Max prend une dragée de Cialis, comme il le fait parfois. Les corps s'attirent. C'est la première fois qu'ils sont à l'hôtel ensemble. C'est un peu un voyage de noces. Les vieux corps nus sont marqués, déformés, mais le désir les rajeunit. Ce soir, c'est une célébration, quelque chose de solennel. Les événements récents, la mort subite rattrapée de Max, son transport à l'hôpital, puis sa renaissance. Les trois jours d'observation et enfin la sortie, libre, sans aucun traitement. Tout cela se fête. Le petit voyage scelle leur bonne entente, ils sont conscients tous les deux de l'avoir échappé belle. Béa chevauche Max, comme il aime qu'elle le fasse, le visage penché sur lui. Il se détend. Il sourit, il ressemble à ses photos quand il était jeune. Elle commence un trot enlevé puis allonge l'allure comme lorsqu'elle montait à cheval dans la forêt de Rambouillet, autrefois.

- Allez, mon amour, allez...

Quand il l'encourage ainsi, elle retrouve des forces. Elle va, elle va, elle fait un parcours sans faute. Ils en sortent épuisés et heureux. Chez Jean-Pierre, le soir, ils s'installent à la terrasse. Le soleil dore encore les pierres. Ils commandent le même menu, un tartare de canard gras suivi d'un flan de Saint Jacques, accompagné d'une bouteille de Pouilly-Loché 2004. La serveuse débouche le vin avec un tire-bouchon spécial pour les longs bouchons. Max a envie de le lui piquer. Il hume le vin qui a un arôme d'agrume Ille fait tourner dans son verre. Béa s'exerce à en faire autant. La serveuse apporte deux dés à coudre de mousse de melon. C'est un amuse-bouche. Max parle des vins simples qu'il faut «boire sur le fruit». Le vin monte à la tête de Béa. Ce soir tout est permis, elle veut se griser. C'est une sensation délicieuse. Un brouillard l'envahit. Elle boit encore. Cette journée a été parfaite, elle n'a jamais été aussi heureuse. A la fin du dîner, elle veut goûter un alcool. Surpris et indulgent, Max commande un marc de Bourgogne et le lui fait goûter dans son verre. Elle fait la grimace. Alors, pour lui faire plaisir, il commande pour elle une eau de vie de mirabelle. Elle avale voluptueusement la première gorgée. L'alcool est fort, il est âpre et succulent. La morsure des degrés brûle la gorge. Elle boit jusqu'à la dernière goutte.

Max est mort dans sa petite chambre bleue au-dessus du bassin de la Villette, deux mois après le retour du Beaujolais. Cela s'est passé un samedi soir, après une dégustation comme il les aimait. Peu à peu il avait repris sa consommation excessive. Béa était dans sa famille de Colmar pour le week-end. Elle n'a appris son décès que le lundi matin, quand Rodolphe lui a téléphoné. Il a dit qu'il s'agissait sans doute d'une apnée obstructive. Le médecin légiste a signé le permis d'inhumer.

Max avait laissé des consignes pour que sa garde rapprochée, comme il l'appelait, se partage les bouteilles de sa cave, au cours d'une soirée qu'il voulait festive. Quelques jours après l'enterrement, les couples fidèles, Rodolphe et Mona, Zacharie et Emilie, Noël et Florence se réunirent au sous-sol de l'appartement. Béa avait hésité à venir mais elle savait que Max aurait aimé qu'elle participe à cette dernière cérémonie. Un carrefour entre deux couloirs de la cave dégageait un espace où Noël et Rodolphe avaient posé des tréteaux. Sur la table il y avait les verres et quelques bouteilles. Florence allumait des bougies, Emilie pressait régulièrement le bouton de la minuterie.

Lorsqu'elle a reconnu l'étiquette du Saint-Amour, Béa

a commencé à pleurer mais les regards de reproche des amis de Max l'obligèrent à sécher ses larmes. Ils étaient là pour célébrer et boire à la santé du disparu. Bientôt ce fut au tour de Zacharie d'allumer la minuterie. Les garçons parvinrent à faire apparaître le comique de la situation, quelques rires fusèrent.

Les caisses de vin attendaient au pied des couloirs. Il y eut un tirage au sort. Béa gagna le Château Vignol et six bouteilles de Saint-Amour. Le champagne fut dispersé à égalité. Rodolphe et Noël se chargèrent de la livraison. La séparation ne fut pas cruelle, Béa savait qu'elle ne reverrait plus personne, la seule présence de Max avait justifié leur réunion.

Béa offrit le vin blanc à ses enfants, elle garda pour elle le fameux Beaujolais.

Il y en a peut-être encore une bouteille dans sa cave...